A doença de José

Editora Appris Ltda.
1.ª Edição - Copyright© 2024 do autor
Direitos de Edição Reservados à Editora Appris Ltda.

Nenhuma parte desta obra poderá ser utilizada indevidamente, sem estar de acordo com a Lei nº 9.610/98. Se incorreções forem encontradas, serão de exclusiva responsabilidade de seus organizadores. Foi realizado o Depósito Legal na Fundação Biblioteca Nacional, de acordo com as Leis nos 10.994, de 14/12/2004, e 12.192, de 14/01/2010.

Catalogação na Fonte
Elaborado por: Josefina A. S. Guedes
Bibliotecária CRB 9/870

M775d 2024	Monteiro, Job A doença de José / Job Monteiro. – 1. ed. – Curitiba: Appris, 2024. 210 p. ; 23 cm. ISBN 978-65-250-5973-0 1. Literatura angolana. 2. Família. 3. Acidente vascular cerebral. I. Título. CDD – A869.3

Editora e Livraria Appris Ltda.
Av. Manoel Ribas, 2265 – Mercês
Curitiba/PR – CEP: 80810-002
Tel. (41) 3156 - 4731
www.editoraappris.com.br

Printed in Brazil
Impresso no Brasil

Job Monteiro

A doença de José

FICHA TÉCNICA

EDITORIAL	Augusto Coelho
	Sara C. de Andrade Coelho
COMITÊ EDITORIAL	Ana El Achkar (UNIVERSO/RJ)
	Andréa Barbosa Gouveia (UFPR)
	Conrado Moreira Mendes (PUC-MG)
	Eliete Correia dos Santos (UEPB)
	Fabiano Santos (UERJ/IESP)
	Francinete Fernandes de Sousa (UEPB)
	Francisco Carlos Duarte (PUCPR)
	Francisco de Assis (Fiam-Faam, SP, Brasil)
	Jacques de Lima Ferreira (UP)
	Juliana Reichert Assunção Tonelli (UEL)
	Maria Aparecida Barbosa (USP)
	Maria Helena Zamora (PUC-Rio)
	Maria Margarida de Andrade (Umack)
	Marilda Aparecida Behrens (PUCPR)
	Marli Caetano
	Roque Ismael da Costa Güllich (UFFS)
	Toni Reis (UFPR)
	Valdomiro de Oliveira (UFPR)
	Valério Brusamolin (IFPR)
SUPERVISOR DA PRODUÇÃO	Renata Cristina Lopes Miccelli
PRODUÇÃO EDITORIAL	Miriam Gomes
REVISÃO	Rafaela Mustefaga
DIAGRAMAÇÃO	Renata Cristina Lopes Miccelli
CAPA	Jhonny Reis

*À Helga, que distraidamente deixou-se seduzir e
deu luz à escuridão do meu coração.*

AGRADECIMENTOS

A Deus, pelo dom da vida, e por me ter concedido a graça de nascer em Angola.

Ao meu pai, José Manuel Jama António, a quem homenageio neste livro, pois, com seu exemplo, pude saber que cada um de nós é o artífice da sua própria história.

À senhora Juventina Salomé Job Chilembo, minha mãe, a quem agradeço por me ensinar a caminhar, e assim pude seguir com os meus próprios passos... Agradeço também pelo sacrifício que fez por mim, adiando seus sonhos para que hoje pudesse ser o homem que sou.

À Helga Pinheiro Jama António, minha esposa, a quem agradeço por estar ao meu lado em todos os momentos, nos contratempos e nas dificuldades, mas, acima de tudo, por ser partícipe ativa de todos os passos que dei, pois, sem o seu olhar nas coisas que fazemos, os "is" estariam sem os pontos, e os "tês" sem os traços. Obrigado por equilibrar a nossa vida, sendo esposa, mãe dedicada e mulher incrível.

Ao Job Wotchily, meu filho, por renovar-me a esperança e por ser a parte mais importante da minha vida.

Aos meus irmãos Fernanda de Jesus Jama António, Marlene Mariana Jama António, Arcanjo Jama António e Antunes Augusto Jama António, por serem uma fonte permanente de inspiração e sabedoria. Obrigado por garantirem a certeza de que jamais estarei desamparado.

Aos meus "Kotas" Beto Candumba, Bonifácio Chiwale, Hamilton Tavares e Joaquim Isaac, por serem os "gigantes" em cujos ombros me apoio.

Aos meus sogros Carlos Pinheiro e Amélia Quaresma, pela simplicidade do caráter, pela justeza e pela alegria com que encaram a vida.

Aos amigos Francisco Fontes, José Lucamba, Mateus Chissaluquila, Bruno Gumieiro, Hebel Hurquia e Fabio Soares, por inspirarem-me com o vosso espírito de perseverança e sabedoria permanente.

Aos meus cunhados Tiago Cangombe e Carla Jussara, pela simplicidade do caráter, e com isso mostram que o ser vale muito mais que o ter. Agradeço também à Patrícia e à Mariza, por aceitarem integrar a nossa família.

À toda família, em especial aos tios Sebastião e Quelina Inocência, pelo carinho e respeito que sempre demostraram por mim.

Aos professores Miguel Bettencourt, Fernando Cendes e Pedro Magalhães, por acreditarem em mim e por permitirem que as minhas ideias ecoassem, tendo-vos como guias incansáveis.

À Exma. Dra Sílvia Valentim Lutucuta, pelo seu compromisso incansável com a saúde pública e por estimular-me a trilhar o caminho da ousadia e a enfrentar os desafios com destemor.

APRESENTAÇÃO

Demostrem humildade em vez de superioridade... No entanto, critiquem tudo e sobretudo o mundo e suas modernidades, falem sobre resistência e seus *Ndundumas*, sobre literatura e seus *Dumas*, de poesia e seus *Nerudas*, sobre a história essencial da filosofia e seus *Sócrates*, contem-lhes sobre o "organon" de Aristóteles, e como se fossem *Thomas Edison* prometam desvendar todas as energias de seus corpos, digam-nas que serão os *Sidartas* que lhes trarão paz, e se preciso critiquem a desobediência civil e todos os seus *Gandhis*...

Estejam atentos... Toquem-nas com sutileza, com suavidade e bondade, com o dorso das vossas falanges palmilhem delicadamente as partes laterais dos seus braços, esquadrilhem lentamente desde as falanges passando pelo punho até o ombro, quando ali estiverem, façam uma pausa... Aproximem-se do ouvido com a mão sobre o dorso do pescoço, mussitem... Digam que como Gagarin buscam um espaço em seus corações, e que como Armstrong lhes darão a lua, prometam e sussurrem os segredos mais bem guardados... Enfim, soprem, revelem que, antes de Colombo, Leif Eriksson conheceu América, e com isso afirmem que setenta e cinco não é o alfa de Angola, pois já havia administração no Congo, no Ndongo, e na Matamba... Na sequência, falem sobre os *acordos de Alvor*, contem a verdade sobre as *batalhas do Ebo* e a de *Kifangondo*, contem também sobre o que foi novembro e os seus onze dias, depois desvendem o paradeiro dos despojos "dos Alves e todos os Caetanguis", confessem que os culpados não foram os alienígenas, pois a sentença já tinha sido dada pelos autóctones, afinal no Sul foi em setembro, no norte em maio, ambas imolações cometidas por homéricos ufanistas...

No final, peçam que vos mostrem as *pedras de Pungo Andongo...* Sintam o Lucala a escorrer em vossos dedos, e não se esqueçam, palpem, o monte Luvili.

SUMÁRIO

PERSONAGENS 13

CAPÍTULO I 15

CAPÍTULO II 39

CAPÍTULO III 60

CAPÍTULO IV 69

CAPÍTULO V 82

CAPÍTULO VI 103

CAPÍTULO VII 125

CAPÍTULO VIII 158

CAPÍTULO IX 184

PERSONAGENS

1. Caldas Londuimbali — O criador das emendas caldianas
2. Mahindra Luvongue — Fundadora das Mutcheles
3. José Londuimbali — Filho de Caldas
4. Milocas Luvongue — Filha de Mahindra
5. Luvuile Londuimbali — Irmão mais novo de Caldas
6. Fátima — Mãe de José Londuimbali
7. Jora Luvuile — Filho de Luvuile
8. Fernanda Luvuile — Filha mais velha de Luvuile
9. Marlene Luvuile — Filha de Luvuile
10. Arcanjo Luvuile — Filho de Luvuile
11. Antunes Luvuile — Filho de Luvuile
12. Nelson — Filho de Caldas
13. Venâncio — Amigo de Caldas
14. Bibiana — Empregada da velha Fátima
15. Nangolo — Discípulo de Caldas
16. Elavoco — Amigo de Caldas
17. Senhora Eyala — Dona do salão de beleza
18. Amigo/Amir — Esposo da velha Fátima
19. Loita — Amigo de Caldas
20. Cao um Chi — Empresário asiático
21. Djamba e Kiesse — Contemporâneos de Caldas, ao serviço do exército angolano
22. Necas — O vendedor de casa
23. Anabela — Namorada de Restiny
24. Restiny Londuimbali — Neto de Caldas
25. Carol — Esposa de José Lonbuimbali

26. Ndombele — Amigo de Restiny

27. Djama — Tio de Restiny

28. Milocas — Filha de Mahindra

29. Rosalina — A secretária de José Londuimbali

CAPÍTULO I

Que o acaso existe é uma probabilidade, como essa, pouco plausível, pois predizer acontecimentos dessa natureza poderia parecer "necromancia". Os caçadores estavam mortos pelo mesmo motivo, "caçar em demasia". O velho Caldas e a velha Mahindra já não faziam parte do mundo dos vivos, foram encontrados juntos, desnudos, com os corpos entrelaçados, verdadeiramente atados. Como parafuso sextavado tornaram-se numa só carne, estavam unidos.

A necropsia revelou fenecimento por enfermidade prolongada para um, e morte por causas naturais para outro, um era octogenário e o outro septuagenário. Eram solteiros, mas, com sapiência em enlevar, cumpriram com bravura o cânone da concepção, porém transgrediram na cobiça ao que aos outros pertencia... quem os encontrou teve invídia, mas, como a morte apazigua os incrédulos, supôs-se que entraram em "transe" e nunca mais saíram.

A notícia sobre a morte dos caçadores espalhou-se por todo lado, no funeral os bípedes "abatidos" compareceram em "chusma", machos e fêmeas, alguns acompanhados pelos filhotes, mais os atinentes à caçadora. Para o caçador, mais os pupilos, pois o estilo de Caldas era único, formar e deixar que voassem para que reproduzissem aos quatro cantos os seus ensinamentos...

Fez, está feito, chamam-lhe pretérito.
Faz bem-feito, nomeiem-no perfeito, um verdadeiro veltro.
Deixou, enjeitaram-no, apelidem-na justiceira do direito.
Vozear é o mimosear por gratidão pela chegada do "i" ao ponto.

A casa protegida por um "canhangulo" jamais conhecerá um assalto.

A vida, tal como o namoro, começa com a união do homem e da mulher, por isso deixar que a vida viva é ser justo.

Do estrogênio não busquem o consciente pois é tudo o que conhecem, ofereçam o subconsciente, o tudo que desconhecem, o antegosto...

Falar é da sua natureza, excisar a tramela é um dever pressuposto...

A verdade está no vinho e nas crianças, a mentira está em qualidade no estrogênio e em quantidade na testosterona, nada é autoimposto.

Sujeito rouba com jeito, por empregar alguns parece um feito, mas é nauseante o jeito como é feito, admitindo-os pelas cores do rosto.

Corrupto é larápio, larápio é corrupto, corrupto é um rato, rato é um ratoneiro que melhora com o gato.

O funcionamento de um motor sempre terá como referência a primeira chave que visitou a ignição, por isso ser o primeiro é ser inexposto.

Em busca de margens para o sexto signo astrológico do zodíaco, primeiro dedilhadas, antes da viagem, para ser perfeito e bem-feito.

A consorte de um amigo deve causar a mesma repulsa que diabo tem do justo.

Do varão se espera valentia e não ferocidade, busca-se sapiência e não incapacidade, espera-se gentileza e não rusticidade, busca-se entendimento e não inimizade, espera-se genialidade e pressupõe-se que não se tornem imbecis ineptos.

Ocitu kachitava ocuyiõka wandy nda kawandele vikaguelua cho ipepa ciyua[1]

Busquem a simpatia de seus corações e deixem a da alma para quem vier a se casar com ela, pois são fervorosas de desejos pelos caldas, mas desejosas de encontrar um franzino para casar, um tolo para fingirem santidade, mesmo que a contragosto...

---

[1] A carne não pode ir à grelha sem ser temperada, para bom proveito — tradução literal de umbundu para português.

Com o passar do tempo, os dizeres anteriormente referidos ficaram conhecidos como as "emendas caldianas", e eram apresentados aos pupilos antes mesmo que conhecessem o "mestre", que atribuía particular importância à décima terceira emenda, pois a considerava como sendo a solenidade de um caldas, "uma valia por duas na soma total".

Nunca a morte de um caçador fora lastimada por tantas mulheres, em quase todas as residências pelo menos uma lágrima fora testemunhada. Naquele dia um clima sombrio habitava em todas as residências, e não era em vão... Uma a uma, pelo menos quatro mil foram contadas e depositadas na sepultura, tal como desejara... — No meu funeral, gostaria que todas fossem comigo, e assim aconteceu, cada uma simbolizava um bípede imolado... De fato, embeveceu até fartar-se, sozinho saboreou o que uma geração inteira não conseguiria nem mesmo mordiscar.

As damas pranteavam pelo passamento físico de um homem com sangue na veia, um caçador nato havia partido, e para sempre comentavam... Lamuriavam também porque consideravam-se órfãs, pois acreditavam que não mais nasciam caçadores. — Agora todos exíguos, muito prosaicos e nada enciclopedistas, argumentavam... Os pupilos do velho também lagrimavam, pois o mestre estava morto; mais que isso, era quase impossível superá-lo.

— Sente-te satisfeito apenas se te igualares ou superares o teu mestre, dizia Caldas aos pupilos. Ao atingir a marca das quatro mil, tinha suplantado o seu mestre, que não passou das mil... O corpo foi-se, mas a filosofia ficou, caberia aos pupilos continuar com os ensinamentos, sob pena de consentir para sempre o desdém das fêmeas sobre os machos que não foram talhados para a caça.

— Tenham muitas a chorar quando partirem, e isso deve ser conseguido incrustando-as, argumentava Caldas, quando ainda desfrutava do fôlego da vida. O velho de fato era único, uma raridade nos dias de hoje, odiado pelos pares, alguns pela sua apetência invulgar por aguilhar, e outros por pura inveja, queriam ser como ele, mas faltava-lhes a técnica. — Sejam libertinos, argumentava o velho, ofereçam fantasias ao estrogênio, não se esqueçam, todas têm sonhos reprimidos, sejam os realizadores de tais devaneios... *Não sejam vultosos, pois nunca conseguirão neutralizar a resistência imposta pela moral social... Ajam com naturalidade, sorriam sempre e façam-nas também sorrir, só assim serão vossas. Mas se lembrem de nunca lhes dar tudo, pois são insaciáveis, deem-nas por partes, só assim conseguirão tê-las por muito tempo.*

Quando o mestre falava, os pupilos ouviam-no com atenção, palavra por palavra era imediatamente anotada.

— *São vaidosas e com a autoestima ao alto, não busquem os holofotes para vós; pelo contrário, todo protagonismo para elas, inflem sua autoestima.* Lembrem-se! A beleza é uma conquista do estrogênio, pois para a testosterona apenas certas qualidades, como inteligência, coragem, gentileza... Evitem a frontalidade; pelo contrário, implantem ideias em suas mentes, deixando sugestões vagas, verão que logo, logo farão o que desejardes, pensando que o argumento original é de sua autoria, dizia Caldas.

Claro que se foi o caçador, mas seus ensinamentos ficaram... Nessa hora de dor e luto, veem-nos à memória um fato que pudemos testemunhar, pois certa vez um dos pupilos ousou questioná-lo:

— Como implantar ideias através de sugestões?

Ao que Caldas prontamente respondeu. — Utilize frases pitorescas e ousadas, depois peça desculpas. — Fale dos mirantes, dos marfins, dos abacates, das padarias, dos montes e montanhas... mas lembra-te do maior perigo de todos, elas afeiçoam-se com facilidade, e se isso acontecer e perceberem que foram tapeadas terás encontrado o pior inimigo de todos... As damas são altamente vingativas!

— Então o que é que devemos fazer? Voltou a questionar o pupilo.

— Livra-te dela no momento certo, diga que tudo farias para tê-la em seus braços, mas agora estás preso a outra!

— Mas aí é que está o principal problema, pois dirá que a engodei, voltou a questionar o pupilo.

— Transferência de responsabilidade, esse é o grande princípio, pois, ao deslocar a culpa a outra mulher, garantirás que deixas de ser o foco, já que "naturalmente" invejam-se.

Sobre essas e outras costumavam ouvir os pupilos, quando o velho Caldas ainda estava em vida. Ninguém ousava duvidar dos ensinamentos do mestre que carregava o hábito de demostrar experimentalmente as suas teorias. A todo instante gabava-se do que aprendeu com os sekulus halavalenses, esses que segundo viemos a apurar importavam-se mais com as coisas naturais, e certamente imunes à ambição dos bens materiais... Ensinavam totalmente ao contrário do que Caldas transmitia aos seus pupilos. Diríamos que Caldas foi para os sekulus halavalenses o fantasma munífico que se rebelou. É fato que quando necessário hipnotizava quem quer que fosse. Primeiro pareciam letárgicas, em seguida cataplégicas, mais tarde sonâmbulas, depois era uma questão de agir... Estavam hipnotizadas! Nesse instante, Caldas perguntava o que bem entendesse, elas respondiam, sugeria o que bem quisesse, elas obedeciam, introduzia o que pretendesse, as portas estavam abertas, depois, num estalar de dedos, esqueciam-se de tudo... no final as confrontava com revelações que elas julgavam apenas guardadas na alma.

Gabava-se, do estrogênio não busquem o consciente, pois é tudo o que conhecem, ofereçam o subconsciente, o tudo que desconhecem, dizia o velho caçador. Mas agora Caldas estava morto, é certo que comeu, diríamos até em demasia, mas morreu triste, pois das quatro mil cabeças abatidas pouquíssimas compareceram no dia do sepultamento, talvez por ciúmes, afinal Caldas deixou claro que amou mais a mulher com quem morreu que qualquer outra que conheceu posteriormente. Claro, todas choraram, mas muitas em suas casas, pois acreditamos não ser fácil esquecer aquele que oferece o impossível, "o transe", a verdade é que o amavam, mas também o odiavam! Nos dias de hoje, um sub-reptício? De fato, Caldas era um ser diferente, único diríamos... Metódico, seus discípulos selecionados em função do tipo de personalidade que acreditava serem as melhores para um caçador. — *Não encares o indivíduo como um conjunto de traços referentes a si mesmo, mas como parte importante da sua comunidade,* dizia!

Caldas estimulava os pupilos a serem gaviões, mas tinha noção das responsabilidades que advinham de tais ensinamentos, então, ao mesmo tempo, preparava-os para a vida, por isso a todo instante repetia: — *O sucesso depende fundamentalmente da capacidade que cada um tem de materializar suas ideias!* — *Deveis ter objetivos alcançáveis,* dizia, e em seguida insistia, — De hoje em diante, saibam, *o passado, seja ele bom ou mau, é parte da vossa história, é imutável, o futuro é definido no Céu, mas o presente é sempre uma oportunidade de transformação, não parem, continuem...* É no presente que devem ser esforçados, pois serão recompensados, afinal foi pela ambrosia que conhecemos a verdade! Sejam como Mansa Musa, de humilhado a exaltado, depois vivam como Salomão, pois sereis reis com muitas amásias!

Os pupilos tinham aprendido com o mestre uma realidade da qual ninguém ousava duvidar... Lembramo-nos ainda do dia em que Nangolo, o mais destacado entre os pupilos, questionou o velho: — Que o senhor tem táticas quase magistrais não duvidamos, mas isso não parece sapiência, pois em certa medida as hipnotiza, e sobre isso não podemos dizer que existe maestria. Naquele dia, Caldas pareceu irritado com os questionamentos e perante tal situação teve que ser mais específico com relação às várias formas de abater um animal e tornar-se um grande caçador.

Caros leitores, aqui vale lembrar que apenas usamos o termo "animal" por uma questão de lealdade narrativa, pois os autointitulados caldas consideravam-se "caçadores", e por isso, em forma de código, listavam suas conquistas com o termo "animal abatido", hierarquizavam-se em função do número e da qualidade do "produto", e só por isso a décima terceira emenda caldiana era considerada como a solenidade de um caldas, pois para eles "*o funcionamento de um motor sempre terá como referência a primeira chave que visitou a ignição, por isso "diminuam o entusiasmo se o motor for de ocasião, pois sabeis das diferenças entre o novo e o usado*", diziam os pupilos repetindo as palavras do próprio Caldas.

— Busquem o íntimo delas, suas caraterísticas e suas qualidades, pois só assim saberão como se comportam e como reagiriam em determinadas situações. — Entendam como elas pensam, *pois é o pensamento o fundamento da mente humana, tal como o é a chave para a fechadura*... Naquele dia, Caldas estava disposto a filosofar, e certamente foi essa disposição que o motivou a continuar. — É preciso conhecê-las e observá-las com atenção, só assim entendereis seus desejos, pois são diferentes umas das outras... Cada uma com seu interior e sua exterioridade... Para tal, busquem sempre o seu equilíbrio psíquico. *Perguntem-se, o que quero dela? O consciente ou o inconsciente?* Afirmou Caldas, que em seguida continuou... — *Todas vivem em litígio permanente com seus instintos e impulsos, os libertos e os oprimidos estão em constante luta, por isso, para cada uma procure entender, é introvertida ou extrovertida?*

Os pupilos acenavam em sinal de concordância e admiração plena!

— Saibam, *nem tudo que parece ser é, e nem tudo que é parece ser*... A maioria não é o que aparenta, por isso sentir-se-ão felizes se as ajudarem a ser o que realmente são... Falseiam o ser para se enquadra-

rem no modelo de sociedade que se exige, fingindo ser transparecendo o que não são! — Imaginem-se num encontro, falava Caldas, fitando diretamente um dos pupilos... Antes de falar, deixe-a falar, já que são fadadas ao diálogo, diria mesmo "linguarudas"... Assim saberão se é introvertida ou extrovertida. Com as últimas, saibam, têm dificuldades em pensar internamente, pois se conscientizam do que estão a pensar quando verbalizam; por isso, se as quiserem dominar, ocupem suas mentes com atividades que as façam permanecer em silêncio, nessa hora são pouco racionais, ou melhor, o silêncio as incomoda... Entendam, essa é a hora de "atacar"... Com as primeiras é o inverso, não permitam que permaneçam muito tempo em silêncio, pois a cada segundo planeiam inúmeras formas de se proteger de um eventual ataque de um caçador. Estejam atentos, inundem suas mentes com informações, façam-nas falar, surpreendam-nas, beijem-nas sem rodeios...

Naquele dia, Caldas também lembrou aos pupilos da existência de outro subgrupo de mulheres, as quais alcunhou de "voadoras", as tais que reclamam de tudo, também conhecidas como "amásias", que se autoproclamavam ser organizadas, bem resolvidas, presentes em todos os horários...

— Sim, as mais chatas, disse certa vez um dos pupilos, para gargalhada de muitos.

— O segredo é antecipar-se! Antes que ela se pronuncie, seja você o crítico. Não gosto de pessoas que se atrasam aos eventos, desorganizadas... Demostrem superioridade, nunca comentem sobre coisas banais, como novelas televisionadas, ou sobre aspetos físicos dos seres; pelo contrário, critiquem tudo e sobretudo o mundo e suas modernidades; e o mais importante, falem sobre resistência e seus *Ndundumas*, sobre literatura e seus *Dumas*, de poesia e seus *Nerudas*, sobre a história essencial da filosofia e seus *Sócrates*, contem-lhes sobre o "organon" de Aristóteles — instrumento do olhar científico, falem de música clássica e seus *Mozarteis*, peçam-nas que gritem, que falem alto, prometam que Beethoven

A DOENÇA DE JOSÉ

as ouvirá, falem sobre pinturas e seus *Da Vincis*, sobre esculturas e seus *Ângelos*, falem sobre as meditações e seus *Aurélios*, afinal o *"momento mori"*, somos finitos... Como *Edmund Burke*, critiquem a revolução francesa, contem-lhes sobre conservadores valentes e patriotas das *"Black Church"* no Sul; e o mais importante, como se fossem *Thomas Edison*, prometam desvendar todas as energias de seus corpos, digam-nas que serão os *Sidartas* que lhes trarão paz, enfim, quando possível, mintam e se preciso critiquem a desobediência civil e todos os seus Gandhis... Estejam atentos, pois quase sempre esboçam um sorriso de fascinação, e quando as virem sorrir, não percam tempo, esse é o momento... Toquem-nas com sutileza, com suavidade e bondade, com o dorso das vossas falanges palmilhem delicadamente as partes laterais dos seus braços, esquadrilhem lentamente desde as falanges passando pelo punho até o ombro, quando ali estiverem, façam uma pausa... Se reclamarem, parem por aí, e finjam desistir... Entretanto, se perma-necerem em silêncio, estejam certos, é hora de agir... Aproximem- -se do ouvido com a mão sobre o dorso do pescoço, mussitem... Digam que como Gagarin buscam um espaço em seus corações, e que como Armstrong lhes darão a lua, prometam e sussurrem os segredos mais bem guardados... "Enfim, soprem, revelem que antes de Colombo, Leif Eriksson conheceu a América, e com isso afirmem que setenta e cinco não é o alfa de Angola, pois já havia administração no Congo, no Ndongo, e na Matamba... Na sequência, falem sobre os *acordos de Alvor*, contem sobre as *batalhas do Ebo* e de *Kifangondo, contem também sobre* o que foi novembro e os seus onze dias, depois desvendem o paradeiro dos despojos "dos Alves e todos os Caetanguis", confessem que os culpados não foram os alienígenas, pois a sentença já tinha sido dada pelos autóc-tones, afinal no Sul foi em Setembro, no Norte em Maio, ambas imolações cometidas por homéricos ufanistas... Prometam revelar quem engatilhou a população em nove mais dois, claro, olhem- -nas nos olhos, e informem que como *Eshu* tendes informação privilegiada, por isso peçam-nas para que nunca consagrem os abortistas, nem os outros *istas, pois esses são os verdadeiros lobos escondidos em couro de cordeiro...* Desde esse momento, verão que as terão, pois pensarão que encontraram o seu semelhante, a metade da sua cara... A partir daí, terão tudo pronto para abater mais um "kibraita", dizia Caldas, que não tardava em continuar, elas serão vossas, por isso tendes responsabilidades, deveis cuidar do estrogênio, não permitam que nada de mal as aconteça; quando possível, sejam como *William Morton*, anestesiem suas dores, e se estiverem de coração partido anunciem que sois como *Vasco da Gama*, peritos em encontrar rotas para atracar, por isso reconstruam corações partidos; entretanto, se por algum motivo a situação for irreversível, ajam como *Hamlet, vinguem-se de quem a jugular, e com isso prometam que nunca mais permitirão que se repitam as deflorações em massa que passaram a ser frequentes depois de 1482, com aquele "aperto de mãos"...* Aprendam!, dizia o velho, que continuou em seguida a lição mais importante de todas, nunca a deixe só, implante sua semente nela, é a única garantia de a ter por muito tempo, quanto mais melhor, e por outra busquem sempre saber sobre as condições de vida dos seus parentes: irmãos, filhos, pais, tios, primos, pois aí está outro ponto de fragilidade, enfatizem que sois filantropos, ajudar é a vossa maior alegria... Sejam os primeiros a dizer que não gostamos de dar "prata", apenas empregamos pessoas, pois somos como os magnânimos, ensinamos a lançar o anzol em vez de dar esmola. Lembrem-se de que um verdadeiro Caldas nunca abate um bípede a troco de bens materiais, aquele que o fizer é à partida um fraco, um lerdaço, pois não é com ele que o estrogênio conversa, mas sim pelo que possui, é o que chamaríamos de sistemas de alienação... Estão autorizados! Cuspam sobre aqueles que assim procederem, não valem nada, são fracos, por isso mercanteiam o prazer. No final sussurrem em seus ouvidos "*Memento mori*", pois ao fazerem-nas lembrar de que são mortais, mais facilmente entenderão que *de nada vale guardar o que foi feito para dar, uma vez que os cinco milhões que partiram para a cidade, cujo nome homenageia Janus, sequer podiam escolher a quem dar, pois "seus corpos eram propriedade de seus senhores".* Concluiu na altura o velho, para deleite dos pupilos.

Naquele dia, o velho foi praticamente ovacionado pelos pupilos, que tinham pelo mestre uma admiração levada ao extremo, e foi aí que, impulsionado pela vaidade, terá dito a lição mais importante para os Caldas da atualidade. *"Se te interessares realmente por ela, nunca desistas, mesmo que a primeira resposta seja não, pois um caldas é também um discípulo de Mbassi, "aquele que vive pelo que acredita"... Afinal, o importante é chegar ao destino... Sede homens extraordinários... Afirmou na altura o velho, inspirado na tese de Raskolnikov, em Crime e Castigo, de Dostoievski*!

No dia em que o velho proferiu tais palavras, José, seu filho franzino que se passava por um caldas, ganhou coragem e questionou o mestre e pai. — Como posso saber se uma mulher me é fiel ou não? Diante de tal questionamento, a maioria riu... Mas, talvez por compaixão, seu pai respondeu-lhe o seguinte: — *"A fidelidade das pessoas é sabida pelo comportamento de seus amigos, pois quando não são igualmente fiéis ou infiéis, são na verdade uma aproximação desses".* Dito isto, e sabendo que a informação era diretamente para seu filho, o velho acrescentou dizendo que não vulgarizem o ensinamento *"Amar o próximo como a si mesmo"*, e sobretudo tratando-se de Mutcheles, pois muitas acreditam que tudo no mundo se baseia no interesse pessoal, e só por isso ainda na primeira prosa já devaneiam em futurologia, questionando-se em "como se parecerá o filho", e que luxos terá durante o casamento.

O funeral estava repleto de gente, mas, como dissemos, muito mais pela caçadora que pelo caçador. O velho colecionou amigos, pouquíssimos em verdade, pois mesmo os que se diziam cambas o execravam, já que Caldas abatia os bípedes indiscriminadamente, apesar de deixar claro em seus ensinamentos a necessidade da seletividade!

— Escolham sempre as mais deslumbrantes, as mais fascinantes, as mais cobiçadas, entretanto, dizia o velho caçador, nunca abatam a que pertence a um amigo, trazendo à memória umas das emendas caldianas, *"A consorte de um amigo deve causar-nos a mesma repugnância que diabo tem do justo".* Também por isso era respeitado... Atingir quatro mil sendo seletivo parecia impossível, senão mesmo necromancia.

No local falava-se e via-se com maus olhos os pupilos de Caldas, esses que não temos muito a dizer, pois como o velho orgulhavam-se de suas conquistas, apoderavam-se das vestes interior das doces donzelas, uma a uma, o grande sonho era aproximar-se, atingir ou superar a marca das quatro mil... Cultuavam as lições aprendidas com o velho, a todo instante repetiam o que o velho destilava com frequência *"Busquem a simpatia de seus corações e deixem a da alma para quem vier a se casar com ela, pois são fervorosas de desejos pelos caldas, mas desejosas de encontrar um franzino para casar, um tolo para fingirem santidade".* Esses eram os ideais em que os pupilos do velho acreditavam...

Hoje, comentava-se no velório, estão espalhados por aí, são fáceis de serem reconhecidos, pois acumulam filhos que se tornaram padecentes de amor. Foram eles que inventaram a cultura de escolher as mais bonitas e namoricar muitas ao mesmo tempo, foram eles que inventaram "o empanzinar-se em grupo". Isso e outras coisas, falava-se sobre os ditos discípulos, com realce para aquele que quase rivalizou com o próprio Caldas, um fulano que se tornou egrégio por fundar uma aldeia onde vivia com suas esposas e os seus inumeráveis filhos. Entre as senhoras, algumas comentavam que muitos discípulos haviam se desvirtuado dos ensinamentos do velho, lembremos também de que se desvirtuou das doutrinas dos sekulus halavalenses, pois, inicialmente seduzido pelo inverno, imaginou que naquela cultura tudo era alegre, solene e belo, foi então que decidiu seguir os autointitulados mestres do Okavango, esses que eram positivistas, totalmente contrários à realidade metafísica, mas que, apesar disso, sempre souberam que o sucesso e a desgraça estavam vinculados ao estrogênio...... "Adoravam" Auguste Comte, mas também amavam Thomas Malthus, por isso pregavam o Mathusianismo, os autointitulados mestres do Okavango... Tinham apenas uma missão, reeducar os africanos, em particular os angolanos tidos como "máquinas reprodutoras de seres humanos", que não se importavam com o que os filhos dos seus filhos iriam comer, malditos africanos! Argumentavam os ditos mestres do Okavango, depois de receberem a "nobre" missão... Não valeis nada para o mundo, afrontavam, fostes feitos para servir... de que adianta a multiplicação da vossa espécie? Desrespeitavam os autóctones... o colonialismo "terminou", gritais em alto tom, mas se vê que não sabeis administrar-vos... estamos aqui para vos ajudar, concluíam os "benevolentes" mestres do Okavango... A doutrina era simples, mas eficaz! Homens, usem preservativos, diziam; mulheres, usem contraceptivos, insistiam; pai não é aquele que gera, mas aquele que cria, inventavam; no fim concluíam: façam poucos filhos, sede fiéis, diziam; olhai para os perigos que isso representa para a humanidade, poderemos morrer de inanição, insistiam... somos todos chamados para a privação voluntária dos desejos sexuais, pregavam... é preciso reduzir a taxa de natalidade para equilibrar o crescimento demográfico com a expansão de alimentos, embirravam os ditos mestres do Okavango. E foi nesse contexto que Caldas, outrora desacreditado como "fantasma olheiro" e tantos outros jovens decidiram fazer exatamente ao contrário do que seus atuais mestres ensinavam, culminando com a expulsão dos jovens rebeldes, das então escolas espalhadas por todo o país, dos autointitulados Mestres do Okavango, principais impulsionadores de "Franzinos angolanos", e foi assim que muitos passaram a viver com um único propósito, enviar os seus para conviver com o inverno, e mais tarde importar a doutrina dos seus mestres aos seus semelhantes apenas de pigmentação. Nos dias de hoje, vangloriam-se dos seus feitos, pois, ao estimular a mudança de comportamento, "a testosterona transformou-se em estrogênio, as mulheres tornaram-se senhores, outros tornaram-se andróginos", tristeza mesmo é que muitos dos seus seguidores tornaram-se franzinos, tornaram-se inertes, aqueles que a tudo cedem, aqueles que ondeiam diante do estrogênio...

Andam por aí, os pupilos do velho Caldas, todos aqueles que engravidam e não assumem, que fazem alambamento depois fogem, que "ocupam o torrão e não cultivam". Se os virem, argumentava alguém, os reconhecerão, pois têm a fala mansa, são líricos por instantes, conhecem a arte da aparência, são os mensageiros da desgraça, os caldas da vida, os esmerados... inventaram os passeios coletivos, as associações, as agremiações, promovem retiros, promovem festas, alistam-se em associações ardilosas, ganham notoriedade, conseguem destaque com a idade, na maior idade tornam-se adultos irascíveis, por isso sem dignidade... argumentavam as que conheceram Caldas ainda jovem, e que duvidavam da mínima possibilidade de algum igualar-se ao mestre, pois na perspectiva delas, os discípulos eram menoscabáveis, pessoas cuja imundice até santa Luzia poderia ver.

De fato, os caldas são assim, ao simples olhar parecem não ter defeitos, dizem-se perfeitos porque querem-nas em seus leitos. Enfim, o que se diz é que Caldas são pessoas que de especial nada têm, por isso mesmo, descritos apenas como homens que correm atrás das mulheres, diríamos até que correm como moscas atrás do açúcar.

Com relação à velha caçadora, a situação era diferente, embora se fizessem comentários dos mais variados estilos e feitios, as pessoas que acorreram ao funeral queriam mesmo homenageá-la. Choravam a morte da velha Mahindra, essa que já colecionava o recorde como sendo a mulher que mais pariu na face da terra, uma verdadeira campeã de partos gemelares... Agora, no dia de sua sepultura, um novo recorde, a mulher com mais admiradores em um funeral... 514 velhos choravam feito infantes, o motivo: a morte da "professora"...

Mahindra praticamente vivia no imaginário da testosterona local, seu nome tornara-se mito, e talvez por isso faziam-se comentários diversos a seu respeito, não sendo incomum ouvir-se fábulas sobre ela, é "ninfomaníaca", devoradora de homens, argumentavam os acintosos... em sua lista não faltam primos, cunhados, vizinhos, compadres, sem esquecer da sua principal atração, maridos de amigas, os quais os alcunhou de "petis", um diminutivo de petiscos, insistiam os ladinos, certamente por não desfrutarem da felicidade de estar com Mahindra. Enfim, o que podemos atestar é que de fato era uma sedutora nata, a história não registou outra que tivesse seduzido tantos homens como Mahindra, porém odiava os caçadores, não obstante ter morrido ao lado de um, talvez temesse a morte... — Todos sem classe, argumentava. Nunca escondeu que amava os franzinos, os tímidos, acanhados, todos tolos e fracos, aqueles que, segundo o velho Caldas, *eram verdadeiros fracassos com o estrogênio, pois não aprenderam a dominar a praticidade da conquista; pelo contrário, perdem-se nos cortejos, fazem gracinhas, desperdiçam o precioso tempo das verdadeiras damas com conversinhas baratas, todas pronunciadas em voz baixinha...* No entanto, Mahindra os amava... uma classe totalmente diferente daqueles que viriam a ser conhecidos como "os caldas da vida"... Provocava e em seguida acenava com o dedo indicador sobre os lábios, silêncio... adorava a nudez, o que fazia com que de quando em vez os vizinhos fossem à casa dela inventando artifícios quando o propósito era por todos conhecido. Foram poucos os que saíram da casa de Mahindra com o membro alçado... à saída tinham os músculos todos relaxados, todos ensonados, alguns modorrentos, voltavam para suas esposas ziguezagueando, mas felizes, pois julgavam ter cumprido o papel natural das coisas.

Para que não restem dúvidas, convém descrevermos Mahindra em seus tempos de glória, em que se lhe atribuíam todos os atributos possíveis, pois a todo instante se buscavam semelhanças com Juventas, a filha legítima de Júpiter e Juno...

Devemos confessar, caros leitores, que sobre a beleza de Mahindra tudo que for dito barerá a pouco, pois o vocabulário com seus adjetivos é infinitamente pequeno para descrevê-la. Uma beldade que a priori soava a pecado de tanta vaidade, apesar da idade! Era alta, bronzeada, e com preferência em manter o cabelo curto... seu rosto era pálido e com reentrâncias meticulosamente esculpidas, olhos penetrantes e descorados, o nariz tinha uma grossura ajustada ao rosto, os lábios eram roliços com parecença a cerejas maduras, seus "peitos" pareciam os frutos mais perfeitos de um abacateiro, sempre com as pontas aguçadas; pudera, não chegou a amamentar suas "crias"... os que chegaram a saborear a ponta dos abacates comparam-nos ao "maná", parecia que tinham caído do céu diretamente para o seu tronco, tinha o abdómen retilíneo, sem uma única estria, nem mesmo um "pneu", parecia que os filhos também tinham caído do céu... enfim, a cintura... sim foi dela que nasceu o velho conceito "corpo de viola", daí que os mais exímios guitarristas a quisessem para si, pena mesmo é que eles não tocavam na guitarra, ela os tocava... Os curiosos chegaram a medir, x de cintura, os malandros chegaram a medir x de padaria, chegaram a chamá-la de "leba". Ao rir, escancarava a graciosidade dos marfins, pois sua boca estava sempre sorridente, mas que facilmente se transformava e rapidamente seus contornos labiais mostravam linhas firmes e inflexíveis que anunciavam a sua determinação nas coisas em que acreditava. Não fora vista descalça, sempre de saltos, conheceu a velhice, pois já carregava os 70 anos, até a data da sua morte, mas que nunca uma ruga fora vista em seu rosto, isso podemos atestar... se pela toxina botulínica ou pela genética ou mesmo pelos exercícios constantes, desconhecemos, o certo é que nunca fora visto uma velha com tamanha beleza.

Aquele funeral revelou também um dado bastante curioso, um "exército" de mulheres fora visto pela primeira vez, as intituladas "Mutcheles", também conhecidas como as doçuras do pecado, um grupo que se inspirava na própria Mahindra, que para as pupilas não se cansava de repetir aquelas que pensamos serem as suas frases prediletas:

Busquem o olhar dos olhos, não os temam, são truculentos, porém mais frágeis por dentro que qualquer outra criatura;
Juntos para toda a vida é para quem morre aos 40, e não para quem vive aos 40, mulheres!
"Um homem só é homem enquanto for homem, depois disso, não precisais suportá-lo, pois mesmo que insistam em tais devaneios, jamais encontrarão o vigor no homem que o faz homem".

A presença daquelas mulheres, despoletou vários comentários entre a testosterona presente no funeral. Elavoco, conhecido por sua maledicência, estava presente, sempre a bisbilhotar sobre copiosas temáticas. Achava-se sabedor de muitos assuntos, e para esse momento argumentou o seguinte com relação às ditas madames:

— Essas pertencem ao grupo das famosas "Mutcheles", Mahindra as inspirou, no princípio eram poucas, depois algumas, com o passar do tempo numerosas, hoje infindas... integram algumas figuras por todos conhecidas, muitas espalhadas em todo globo, aqui estampadas por nomes sobejamente conhecidos por nós... amontoam-se em Luanda, viram Kiandas, e permanecem aprazíveis...

Que fique bem claro, as "Mutcheles" não buscam por bens materiais, porém nenhuma é "nossa senhora", nenhuma é Santa Lúcia, tampouco "Beatriz", argumentava Elavoco... são fiéis aos seus axiomas, subjugar a testosterona face ao estrogênio, e acima de tudo garantir a rejubilação... estão espalhadas por aí, as reconhecerão quando as virem, pois adoram estar na montra, por isso estão entre as cançonetistas, entre as apresentadoras de televisão, são modelos de beleza e/ou fotográficas, gostam de aparecer em *videoclipes* para exibir-se, algumas vestem-se acintosamente, por isso as reconhecerão quando as virem em locais de trabalho, o que contraria a sua natureza trabalhista, algumas não se contentam com seus atributos naturais, por isso buscam adornos artificiais, são verdadeiras mensageiras da desgraça para os aventureiros miseráveis. Em tempos uma música fora dedicada a elas, cuja estrofe ainda me lembro:

Venham, venham, venham ver...
Veste renda e salto alto...
Nem cabelo tinha, agora põe batom de purpurina.
Venham ver...

— Claro, as reconhecerão, continuou Elavoco, muitas odeiam seus cabelos, por isso usam perucas ou cabelos arrancados da cabeça de outras mulheres, odeiam a cozinha, por isso usam unhas artificiais para justificar sua ausência nela, odeiam sua altura, por isso usam saltos altos, detestam seus corpos, por isso enriquecem os *personal trainers*, outras retiram gorduras no abdômen e as acrescentam aos seios e padarias, muitas abominam sua pigmentação, por isso quase sempre são encontradas enfileiradas comprando produtos de beleza, referindo-os como "protetores solares", quando no fundo também buscam transformar sua epiderme. Sim, as reconhecerão, pois algumas na busca pelo apogeu pensam que também podem ser varões, para justificar a frustração de terem encontrado pseudo-homens, incapazes de as civilizar, e só por isso anunciam o "*deleite das borboletas*". Sim, as reconhecerão, choram quando acontece uma tragédia em um país Ocidental, mas sequer comentam quando semelhanças acontecem em um país vizinho africano. Claro que as reconhecerão, estão na *playlist* dos cirurgiões plásticos para reduzir o tamanho do olfato... Têm vergonha dos nomes africanos, realizam festas apenas para demonstrarem a adoração que têm pelo inverno, fazem decorações representando castelos, querem ser princesas de cabelos compridos... Claro que as reconhecerão, não se comunicam em língua nacional, seus pais até conhecem alguma língua nativa, mas preferem não aprender com medo de que seus filhos também aprendam e assim se pareçam com os antepassados africanos... sim, as reconhecerão, pressionam seus maridos a comprar casas na Europa, com um único objetivo, que culminaria em tirar a riqueza de África e enriquecer o outro continente... sim, as reconhecerão, odeiam tudo que é feito em África, para tudo evocam um feito europeu, isso lá... era o que argumentavam sobre aquelas que de antemão eram conhecidas como moças "voejantes", ou melhor "voadoras".

Sobre essas e outras coisas argumentava Elavoco, com alegações que até poderiam ser verdadeiras, entretanto, caso tivéssemos oportunidade, aconselhá-lo-íamos a não analisar os fatos pelos fatos, pois a simples constatação de um fato não o torna verdadeiro, já que é necessário analisar as premissas tal como elas realmente são. São assim, no caso as ditas "Mutcheles", não porque querem, na verdade são vítimas de um sistema opressor que intencionalmente foi implantado. Ocaso é o verdadeiro nome! Que não restem dúvidas sobre isso, pois é também verdade que para que não houvesse perpetuação entre o verão decidiram, com a introdução das doutrinas okavanguistas, parear o verão e o inverno, tornando-os "improdutivos".

O funeral durou quatro horas, e esse dia era de uma tarde amena, apesar de o céu apresentar algo escuro... como em todas as exéquias havia de tudo, desde os tipos que lamuriavam a morte com gritos, os vulgos escandalosos, até os que realmente sentiam dor, e aqui falamos daquela dor capaz de rasgar a alma, e nesses, os que realmente sentiam a morte dos defuntos, via-se palidez em seus rostos, estavam silenciosos, e por isso caminhavam sós de um lado para outro, afastados da multidão, algo barulhento, e podemos destacar a jovem Milocas e o agora já senhor José Londuimbali.

Em alguns momentos, pareceu-nos que o evento fúnebre refletia claramente a mediocridade de alguns cidadãos... a grande maioria dos que acompanharam os defuntos até a última morada estavam lá para ostentar o que tinha, e só por isso justificavam-se as vestes de alguns, sobretudo de algumas senhoras, com seus decotes e assessórios extravagantes, a todo o instante fotografavam-se... foram poucos os que prestaram atenção aos elogios fúnebres, pois os caldas atrapalhavam-se com as Mutcheles, e essas gingavam para as altas patentes aí presentes, e esses por sua vez deleitavam-se em alegrias, pois nunca um evento juntou tantas donzelas, todas belas e aparentemente prontas para serem enfeitadas em palacetes...

Antes de serem fechadas as sepulturas, houve um momento para leitura de dois discursos, e esse fato levou a multidão inquieta a se agitar para próximo da sepultura... curioso é que os discursos pareciam ter sido preparados pelos defuntos, algo que fortaleceu o nosso entendimento de que ambos sabiam que depois do encontro não mais estariam para viver.

Primeiro foi Milocas, a única filha que nasceu com parecenças da mãe, em tudo se pareciam, os outros pelo bem ou pelo mal eram algo "disformes". Sim, eram "malparecidos", algo irrelevante para os homens, porém para o estrogênio nem tanto assim, certo mesmo é que a feiura serve de escudo para eventuais engodos

A DOENÇA DE JOSÉ

banais, sobretudo aqueles que vêm da velha guarda angolana, os endinheirados que pensam que são Caldas, mas nunca o foram nem o serão, já que um verdadeiro Caldas se abstém de corromper, dando primazia à palavra.

Milocas começou por dizer o seguinte: — Hoje homenageamos minha mãe, melhor, a nossa mãe, um ser único, que gerou e criou seus filhos, nunca quis que um único homem a ladeasse, buscando interferir nos cuidados e na forma como educaria seus filhos, chamava-nos a todos por nomes nectários, tanto os filhos, como os netos, de Gênesis a apocalipse, todos tinham os seus epítetos. Nascida sobre o signo sagitário, hoje completaria 70 anos, uma matriarca que viveu como desejou. É sabido que conheceu vários bem-quereres, mas apenas um balanceou realmente a sua alma, o velho Caldas; admiravam-se a distância, trocaram cartas. A reputação de um causava aparente desprezo no outro... Não gosto desse tal de Caldas, argumentava com um sorriso escondido no canto da boca, anos após anos, até que uma carta do próprio Caldas chegou, fui a portadora... nunca uma carta transformaria alguém como aconteceu com a minha mãe, ela a leu e desde então começou a preparar-se para o perecimento... — Que essa carta seja lida no dia do meu funeral, pois só assim perceberão que apenas vivi para vós, mas agora é chegado o momento de viver para mim, disse com essas palavras a mãe... Também fui a portadora de uma carta, depositada nos correios de Angola... que tenho certeza que também será lida aqui, já que me consta que esse também foi o desejo do tão famoso Caldas, que por longos doze meses o odiei; sim, o execrei, por privar-nos da convivência habitual com nossa mãe, que não mais falava ou pensava em outra coisa senão no encontro final, o famoso encontro entre o velho Caldas e a velha Mahindra. Ao que passo então a ler a famosa carta que tirou nossa mãe do mundo, repito, não foi o encontro, pois eles sabiam do desfecho antes mesmo que acontecesse, mas sim da carta, sim essa carta que já não cheira

35

tão bem como no dia em que chegou... Milocas falava, seu rosto transformava-se enquanto verbalizava, parecia estar possessa de ódio, pois em outro momento jurou vingar a morte da mãe... ao que então passemos a ler a carta que o velho enviou à velha.

Querida Mahindra, que essa carta lhe encontre tão bela quanto da última e única vez que estivemos juntos, há 50 anos. Desde aquela data, guardo-te na memória, pois naquele momento a moral repeliu-me... Estavas com o Venâncio, por isso tive que conter-me quando ele, por medo, desdobrava-se em manchar a minha reputação. Na altura não pude contra-argumentar com relação às infames calúnias proferidas sobre a minha pessoa, pois ele não aprendeu a apresentar um cavalheiro a uma dama. Nunca me esqueci do olhar que dirigiste a mim, era como se me pedisses para livrar-te daquele homenzinho franzino. Confesso, desejei fazê-lo na hora, mas não pude, e por isso, vivo com aquela lembrança até hoje. Sei que logo a seguir o deixaste, mas ele procurou-me... — Ela deixou-me por ti, disse... Apesar de saber que nada mais existia entre vós, culpo-me por não ter tido coragem de procurar-te. — O motivo? — Princípios! Foi junto a mim que chorou durante 40 anos, até que a morte o levou... 10 anos se passaram desde a sua morte, e só hoje tomo a liberdade de escrever-te, pois penso que a minha hora se aproxima e creio não poder partir sem estar com aquela cuja imagem inunda a minha mente desde então. Confesso, és o meu único amor desde há 50 anos, tens sido o meu combustível... em cada mulher busquei a ti, em cada corpo que toquei julgava ser o teu, em cada cheiro buscava o teu perfume, sempre estivesse comigo, sempre foi contigo que estive... Somei 4 mil tentando buscar-te em cada mulher, não as desprezo nem me lamento, pois, apesar de tudo, sempre "alimentei-me" bem, sobretudo porque estavas em cada "corpo".

Espero que ainda guardes aquele olhar de há 50 anos, que apenas comparo ao de uma mãe que clama pelo filho em seus braços depois do parto. Sei que já não somos os mesmos, mas lembranças como aquelas não se apagam nunca. Confesso, nunca olhei para um ser de forma ininterrupta por longos 30 minutos, nem creio existir na história da humanidade um olhar tão profundo, tão doce, tão convidativo como aquele que trocamos. 30 minutos sem pestanejar, ficamos magnetizados, ignoramos o mundo, só posso dizer que nosso mundo "fomos nós", apenas pelo olhar... é o que acontece quando duas almas separadas no momento da criação encontram-se!!! Por isso quero convidar-te a estares comigo no último dia da minha vida, pois sei que será o último. Estarei lá, no mesmo local em que nos vimos pela primeira e única vez... de hoje até lá, um ano decorrerá, será no dia em que completarei 80 anos, e provavelmente no dia em que completarás 70 anos. Quero morrer nos teus braços, quero que saibas que quando faltarem 30 dias para a data não mais me alimentarei, pois preciso purificar a minha alma para encontrar-te. Esse é o meu último desejo para a vida!

Um beijo perfumado do velho Caldas, lia-se no final da carta.

Em um outro momento, foi a vez de Man Zé ler a carta que a velha enviou ao velho Caldas. Pelo que, entre outras coisas, lia-se o seguinte:

Amo-te e odeio-te, o amor é porque não consigo justificar por que te odeio, o ódio é porque em cada filho procurei parecenças suas. Cada gesto, cada olhar, até o simples pestanejar que se parecesse com o teu busquei, e quando os encontrasse, deixavam-me satisfeita. Os filhos são porque busquei similitudes tuas, os franzinos, os homenzinhos, os "petis" são por medo de apaixonar-me por alguém que justificaria esquecer-me de ti. Por isso odiei os caçadores...

Naquele dia, há 50 anos, não só roubaste o meu coração quando ainda tinha 20 anos, mas levaste a minha alma...

Depois da tua carta não sou a mesma, pois vivo para o momento que se avizinha... por isso, tal como anuncias, a ti anuncio, lá estarei, no mesmo local de há 50 anos, para trocarmos o mesmo olhar e quem sabe devolveres a minha alma. Pois, se não existes, como posso existir, então, sim, lá estarei, para terminar o que apenas começamos, nos amarmos e assim descansarmos juntos. Lia-se...

As pessoas choraram, muitos de invídia, pois nunca o mundo viu um amor assim, outros admirados e incrédulos... como um encontro sem palavras pode alterar tanto a vida de duas pessoas? Perguntavam-se... muitos pareciam incrédulos, e com razão!

CAPÍTULO II

Já sabemos que todo o presente se explica no passado, e isso vale para José Londuimbali, o filho de Caldas, que acabara de ler a carta enviada a seu pai pela velha Mahindra... Man Zé agora era um homem de muita notoriedade... entre os inúmeros filhos de Caldas, era o que mais conviveu com o pai, pois, como dissemos, Caldas no seu positivismo argumentava que os filhos são uma propriedade do pai, pois antes de se tornarem fetos já eram seres viventes... "com cabeça e cauda"... o que se tornam a posteriori é apenas uma transformação, uma etapa do desenvolvimento, e só por isso argumentava que condenava o "onanismo", pois considerava uma forma de "aborto" masculino. — São seres viventes, dizia...

Argumentava que cabia ao macho preservar a vida, mantendo-se saudável, pois é o guardião da vida. Cuidem bem das fêmeas, geradoras de crias, recomendava... "Uma cria não pode desligar-se da sua geradora até os 14 anos", afirmava... até essa idade os filhos são delas, pois precisam aprender tudo sobre o afeto, mas depois disso pertencem aos seus pais, seus reais progenitores, guardiões da vida. Então para Caldas, registar os filhos não era um problema, porém argumentava que sua responsabilidade começava apenas aos quatorze anos de idade. Todas as mulheres com quem teve filhos não aceitaram tais condições, pois argumentavam, e com razão, que quem educa uma criança até aos 14 anos de idade praticamente já a preparou para a vida, não fazendo sentido nessa idade passá-lo à responsabilidade de outrem, mesmo que ao pai biológico, com isso os filhos de Caldas eram praticamente educados pelos padrastos, mesmo que muitos sem saber sobre a legítima paternidade biológica cuidavam e educavam como se deles fossem... A exceção mesmo foi com a então jovem Fátima, que não teve opção, pois pensou que se enganara ao acreditar que, como o pai, o filho seria um "caçador", entretanto pareceu-lhe que a natureza lhe tinha oferecido um franzino, um autêntico fracasso com as mulheres... Conclusão precipitada, pois o garoto tinha apenas 14 anos, e era natural que "temesse" algumas mulheres, já que em alguns momentos pareciam "assustadoras".

A mãe o entregou ao pai, pois aos 14 anos se mostrara perdidamente apaixonado por "Carol", e pior, a menina não o enxergava, "boelo", respondia sempre que o garoto a abordasse. Essa atitude inflou o ego da mãe, afinal o filho sendo filho de Caldas não podia ser maltratado por mulher alguma... e foi nesses moldes que o enviou ao pai.

Com o pai, a vida do garoto transformou-se em felicidade logo no segundo mês, pois foi o tempo suficiente para conquistar o coração da menina Carol, algo que não nos pareceu difícil; pudera, "quando se tem os conselhos certos, não há espaço para erros". A primeira lição foi simples: *mostre seu valor*. O rapaz fê-lo com maestria, pois bastaram duas semanas de desprezo que a garota correu até ele para tirar satisfações.

— Parece que me evitas, disse.

— Estou ocupado com coisas mais importantes, respondeu o garoto, apesar de morrer por dentro pela inverossímil resposta dada à garota.

A menina quase chorou... Na terceira semana ouviu de alguém que Zezito estava de namorico com outras meninas, e pior, as mais cobiçadas da escola.

Passados dois meses, o garoto quase não precisou falar, pois a menina aceitou o pedido de namoro sem que ele votasse a solicitar. O rapaz estava alegre, mas o pai não, pois o filho, apesar de ouvir seus ensinamentos, não se sabe se de fato chegou

A DOENÇA DE JOSÉ

a tornar-se um caçador, alguns argumentavam que mesmo ao lado do pai permanecera "franzino", uma fama que se estendeu mesmo depois de casar... dizia-se que dos bípedes que gabava-se de ter "abatido" não chegara a consumar o ato, pois queria manter-se fiel à esposa, e apenas aparentava tais atos para agradar o pai e permanecer nas reuniões dos caldas. Parece que desde os 14 anos até a presente data se manteve fiel a sua Carol, pena mesmo é que o pai não aprovava esse tipo de relacionamento, pois considerava uma insanidade, que apenas se justificava com "sortilégio", apoiada nas idas e vindas da menina e de seus familiares de e para o Congo Brazaville, passando por Cabinda, claro... Imaginar que um homem poderia permanecer fiel a uma única mulher desde os 14 anos de idade era uma completa aberração para Caldas, nem se permitia imaginar...

Agora adulto, transformou-se... do pai herdou a altura, que realçava os seus esbeltos ombros e os bonitos olhos negros, calmo como sua mãe, dona Fátima, e com a maturidade que demostrava para abordar qualquer assunto, era suficiente para magnetizar as senhoras ao seu redor... A nora, não aprovando o *modus operandi* do sogro, distanciou-se, e com o tempo ficou fria, algo que não justifica a sua curta presença no funeral do velho. Afinal, mesmo que o velho tenha desejado outras mulheres para o filho, não invalida que foi por ele que hoje estavam casados. Enfim, águas passadas... Agora José era um homem adulto, realizado, e acima de tudo um bom filho, pois sabia honrar seu pai, apesar do único defeito, orgulho, um traço herdado da família paterna, pois se lhe faltasse qualquer coisa não se dava ao trabalho de pedir nada a ninguém, dizia que se algo tivesse que pedir fá-lo-ia apenas a Deus.

As duas sepulturas estavam praticamente fechadas, os túmulos selados, as pessoas já tinham abandonado o local... mas algo inusitado aconteceu, duas pessoas permaneceram no campo-santo, datado de 1859, parecia que os falecidos os magnetizavam...

Man Zé e Milocas ladeavam as sepulturas dos mestres... José estava arrasado com a morte do pai, agora vinham em sua mente todas as lembranças da infância, todas as lições dadas pelo pai vinham em sua cabeça, e eram lembranças indeléveis que afloravam a cada momento em que tomava consciência de que de fato o pai se foi e para sempre... Milocas estava igualmente arrasada, pois era muito ligada à mãe, acreditava que era a preferida entre os filhos, talvez por isso imaginara que a mãe morrera a pronunciar seu nome, enquanto isso enormes lágrimas se formavam a partir de duas linhas de água, e escorriam em seu rosto.

De repente, mas foi mesmo de repente, sem aviso prévio, do céu, São Pedro abriu as portas, uma chuva torrencial começou a cair, cada um tentou permanecer por alguns segundos no local, mas em vão... em simultâneo abandonaram a lápide às pressas, a capela construída no ano 1867 serviu de abrigo para ambos, desconheciam-se, mas para nós um fato curioso... agora sim o inesperado tinha acontecido, o filho de um Caldas, mestre na arte da persuasão, tinha encontrado uma "Mutchele", filha da própria Mahindra, professora na arte da sedução, se tinham encontrado, e dessa vez pudemos testemunhar...

Para que fique claro, convêm esmiuçarmos as caraterísticas de um persuasor, assim como as de uma sedutora, pois só então poderemos entender a magnitude do encontro. O persuasor é um indivíduo que utiliza estratégias de comunicação que consistem em utilizar recursos emocionais ou símbolos para induzir alguém a aceitar uma ideia, uma atitude, ou realizar uma ação. Por vezes conseguidas de maneira verbal, como é o caso dos caldas, especialistas em retórica, e outras vezes de maneira quase coerciva, um recurso que um caldas nunca utiliza... já a sedutora diríamos que é alguém conhecedora da arte de fascinar, encantar e induzir fascínio ao outro, especialista em despertar simpatia, desejo, amor e interesse por ela a outrem.

A DOENÇA DE JOSÉ

Como dissemos, de um lado estava Milocas, do outro Man Zé, esse que não podemos atestar inocência pelo simples fato de ser filho e "discípulo" de Caldas, por isso não estranharíamos se alguém nos dissesse que esse encontro foi premeditado, pois foram poucas às vezes que de fato o acaso aconteceu na vida de um "caldas"...

Com relação à Milocas, o que se disse de Man Zé cabe perfeitamente a ela, pois que era bonita um fato, que era doce uma realidade, mas que também poderíamos considerá-la "torpe", não podemos negar, pois pela simples aparência já levou a desgraça a muitos lares. Sabe-se que esposos deixaram suas esposas para tentar uma aventura com Milocas, essa que se sabe nunca ter dado asas a tais desejos, mesmo assim a reputação a acompanhava. Algumas mães alertavam aos filhos para manterem certa distância, já que a todos transparecia uma sensualidade, algo exagerado, quase um convite ao adultério após a conquista do casamento... "o filho de peixe conhece bem as águas por onde seus pais nadaram, insistiam algumas senhoras, sobretudo aquelas cuja beleza preferia distância", e mais que isso, "beleza exagerada" poderia ser sinônimo de problemas, sobretudo a julgar pelo estilo da velha guarda angolana que não deixava passar um "kibraita" a solta, insistiam...

Enfim, estavam juntos, Man Zé como "bom" discípulo de Caldas, lembrou-se de que precisava ouvi-la falar, pois assim saberia se era introvertida ou extrovertida, e em seguida aplicar a segunda emenda caldiana: *Faz bem-feito, nomeiem-no perfeito.*

O problema é que Milocas não pronunciou uma única palavra, apenas fitou-o com seu olhar penetrante herdado da mãe. Respirava de forma ofegante, tentando transbordar lágrimas que quase inexistiam de tanto verter desde o anúncio da letal notícia, sem querer, as moções respiratórias exibiam suas silhuetas mamárias que quase transpareciam no vestido aderido ao corpo pela chuva que bateu sobre ele, enfim, era como se os abacates viessem em seu socorro para serem espremidos e propiciar alívio ao estresse causado pela presente situação.

Não tardou e estranhamente a tristeza despoletou compaixão de um pelo outro, e sem querer em seus corpos um inexplicável desejo começou a surgir, fervilhavam de carnal desejo... os mortos tinham que ser "esquecidos", e foi entre choros de angústia e tristeza que a boca dela se colocou na dele num suculento beijo voluptuoso... quase atônitos houve apenas espaço para as mãos dele apalparem as opulentas curvas da moça dentro do vestido aderido ao corpo. Esse momento de loucura apenas durou escassos segundos...

Passado o descontrole, com um sorriso imperceptível que beirava em torno dos lábios roliços herdados da mãe, a rapariga parou com a brincadeira, e num ato de aparente culpa e desespero, talvez por entenderem que estavam a desrespeitar a alma de seus pais, desataram em lágrimas de tristeza e talvez de vergonha, enfim pareciam arrependidos de terem dado asas a tal carnal desejo... pela primeira vez, vimos medo nos olhares dos discípulos, parecia que temiam um destino parecido ao dos seus mentores!

Acostumado a ditar as regras, viu-se impotente, não sabia o que dizer, por isso Man Zé no improviso disparou: — Seria bom que nos voltássemos a encontrar!

Essas palavras foram pronunciadas em baixo tom, sinônimo de que o descontrole foi ultrapassado, dando espaço ao momento de maior racionalidade.

Milocas concordou acenando com a cabeça.

— Conta-me sobre a vossa família, disse Man Zé, tentando manter uma postura altiva e dominadora.

Milocas esboçou um sorriso, como se o chamasse de amador.

— Nunca tive boas relações com o meu pai, disse a jovem.

— Interessante... respondeu Man Zé.

Milocas o olhou outra vez da mesma forma...

— Gosto de pessoas cujo caráter se parece ao do meu pai, disse a jovem.

Lembremos de que Milocas pouco ou nada conviveu com o progenitor, por pouco menos de 5 anos partilharam o mesmo teto, não fosse o dia em que Mahindra chegou à casa e anunciou estar grávida de outro homem, sugerindo que ambos cuidassem do rebento que estava por vir...

Caros leitores, confessamos que a primeira vez que ouvimos palavras semelhantes foi quando da nossa leitura do livro *A doença de Salomé*, ideias sugeridas por uma tal de Judith Casanova, algo que na altura nos pareceu impossível de acontecer, mas como também podem ver parece que as mulheres aos poucos estão a tentar introduzir essa prática, que é antiga, mas que nunca anunciada. Claro, afirmamos que é antiga, afinal quantos andam por aí atribuindo nomes e sobrenomes aos filhos cujos verdadeiros pais são os vizinhos, os primos, os amigos? Espanto mesmo é essa nova capacidade de assumir e divulgar na lábia como se fosse uma prática corriqueira.

Man Zé pareceu perplexo. — Seja mais específica...

— Tudo começou quando ainda tinha 5 anos, pela primeira vez fiquei furiosa, pois do outro lado da porta ouvi minha mãe gritar, "meu pai a esbofeteava", concluí na altura... nunca me senti tão impotente... depois pareceu-me que "a obrigava a não chorar", pois minha mãe saía do quarto como se nada tivesse acontecido. De fato, meu pai era um tipo arrogante, apesar de calmo e algo arrogante, seu olhar era quase um fuzilamento, quando minha mãe passava ao seu lado, mesmo na mesa de jantar, dava-lhe palmadas nas nádegas, e nunca reclamou... isso entristecia-me, pois gostaria que não fosse tão impotente, a ponto de permitir que tais coisas acontecessem. Certo dia tomei coragem, confrontei-o, disse-lhe que não era tola como minha mãe, que não reclamava de suas grosserias... não me deixou terminar, esbofeteou-me, repreendeu-me com veemência como se a errada fosse eu... enfim, não tive tempo para me desculpar, como é óbvio separaram-se, resultado do confessório de minha mãe... no entanto, agora sei que toda aquela gritaria era motivada por puro enlevo, e meu pai está morto, uma morte prematura... Agora sou órfã, completamente órfã, tantas coisas gostaria de dizer a cada um... Como pode!? Nascer para morrer, quanta injustiça! Lamentou a moça, enquanto escorregava vagarosamente para os braços de Man Zé. Com isso, um abraço puro fora presenciado entre os recém-conhecidos.

— No décimo quarto dia do mês leonino, na ilha de Luanda, às 20 horas, esteja lá, pois estarei à sua espera, disparou Man Zé, agora agindo como um verdadeiro caldas.

— Fazes-me lembrar o meu pai, disse a jovem ao reconhecer no jovem palavras de um caçador, embora admitamos que o heroísmo de Milocas em relação ao pai era apenas uma fantasia, se vista na perspectiva de sua mãe, já que mais lhe parecia um franzino, também pudera, ao lado do verdadeiro Caldas até "Dom Juan" pareceria franzino.

Ao dizer isso, Milocas tinha perdido a guerra, pois nos pareceu que Man Zé, filho de Caldas, havia ganho a primeira batalha, por isso houve espaço para anunciar a primeira emenda caldiana: *Fez, está feito, chamam-lhe pretérito.*

Como de costume, depois do funeral, houve espaço para as habituais saudações aos enlutados... os afetos aos mais variados grupos corais religiosos cantavam louvores com vozes doces que quase abriam uma "cratera" no céu apenas para implorar pela entrada das almas dos defuntos, pois ao que tudo indicava, *Dante* os havia reservado o círculo segundo do inferno. Para amenizar o momento, a natureza ajudava, já que era tempo chuvoso, o verde sobressaía, as árvores brotavam um cheiro caraterístico, algumas rosas do roseiral da velha desabrochavam, como se estivessem a anunciar uma espécie de primavera, mesmo que desconhecidas naquelas bandas. Estava um dia fresco, os que voltaram para casa, aproveitaram para mordiscar algumas iguarias, houve um momento, embora breve, em que as lâmpadas se apagaram, e por um instante os que estavam no interior da habitação puderam presenciar a escuridão, dando espaço para as luzes de telefones que incidiam sobre o rosto dos presentes, o que tornou visível algumas Mutcheles, as mesmas que apenas compareceram ao funeral para se mostrarem, e de fato tiveram seu momento, pois seus adornos dourados realçavam-se no escuro, realce que não podem ser entendidos como asas à libertinagem, pois os menos atentos, autênticos confundidores, aqueles que julgam a intimidade das pessoas pela liberdade dos cumprimentos, ou dos sorrisos a que lhes são dirigidos, diriam que aquelas belas Mutcheles queriam ser mordiscadas em pleno funeral...

O "comba" durou sete longos dias, sete longas noites, as pessoas só abandonaram o local depois de começar a faltar bebida, a comida ainda tinha, mas estavam nem aí. — "Aqui vive-se bem, argumentava Elavoco, que não arredava o pé da copa, comia, bebia, comia e bebia mais ainda, o melhor de tudo, falava de tudo, algumas verdades, outras, pouco veras, pois quando se está com os "copos" até uma vaca pode ser vista no copo, e foi o que nos pareceu quando o seu amigo Loita apareceu, esse que atestamos que em tempos idos fora culto, não fosse ter se perdido no "copo". Agora não tão culto como antes, pois nem sempre falava "coisa com coisa", conforme se diz nos musseques de Luanda, no entanto ao lépido olhar era um homem comum, de físico comum, mas ao abrir a boca suas palavras revelavam um homem habituado a exercitar as suas faculdades mentais, e por esse fato, mesmo nos momentos de embriaguez, falava com coerência, fato para dizer *que quem sabe, sabe, mesmo que o dificultem o caminho, é na verdade inútil ofuscar a sapiência*... A felicidade de Elavoco triplicou ao ver o amigo, com os copos enchidos, as palavras fluíam mais ainda, os brindes simbolizavam o amigo que se foi.

— Daqui a alguns dias vou a Benguela, não consigo ficar muito tempo sem ver a praia morena, argumentou o amigo Loita, enquanto bebericava mais e mais.

Não demorou muito e os amigos estavam numa conversa animada, falavam de tudo e sobretudo de mulheres, até parecia que agora que Caldas se foi todos poderiam ser caçadores... Algumas Mutcheles passavam e repassavam, mais e mais, as coisas com coisinhas, algumas com carinhas mimadinhas, outras com almofadinhas, propícias para palmadinhas... para muitos estava claro, queriam ser peixes, já que alguns pescadores tinham lançado os anzóis... Como dissemos, passavam e repassavam, mais e mais as coisinhas com excessos de vaidade, também pudera, era tudo o que tinham, no entanto não duvidamos que toda aquela imodéstia acabaria se alguém as pedisse que fizessem uma redação, afinal a maioria nada conhece sobre sintaxe, confunde ortografia com geografia, geologia com biologia...

Contavam-se várias histórias sobre Caldas, Loita lembrou que passou a respeitá-lo mais quando certa vez "comeu uma gazela" sem pronunciar uma única palavra. — Estávamos na restinga, não muito distante de nós, em uma mesa ao lado estava sentada... Caldas a olhou por longos 20 minutos, quando levantou, acenou com a cabeça e a menina veio ao seu encontro, abandonando o cavalheiro que a ladeava, foram...

Elavoco, que não se deixava, queria dar nas vistas, afinal algumas Mutcheles o ladeavam, também contou várias histórias sobre Caldas, mas não parando por aí, visando demonstrar seus conhecimentos continuou a "disparar", até de forma desconexa, já que se falava do defunto.

Como a conversa chegou aos assuntos que se seguem, desconhecemos, certo mesmo é que quando se está com os copos o diálogo esquece regras.

— Todos esses legislativos, os da contradita, até mesmo os da regência têm seus telemóveis sob escuta, temos informação de tudo e sobre todos, até dos "napeiros", sabemos quem são, achas que não? Argumentava Elavoco sempre que alguém parecesse incrédulo. Bom mesmo é que tinha o amigo a apoiá-lo, corroborava, "acho que sim".

O encontro entre os dois foi apenas de revelações "bombásticas". Todas as invenções de suas cabeças, atiçadas pelo copo, "achas que não?", perguntava, "acho que sim", respondia.

— Falando em legislativos, argumentava Loita. — O Portugal, "fuma", certo?

— Achas que não? Respondeu Elavoco.

— Claro, só poderia ser isso, vive permanentemente na arte da aleivosia, tem argumentos para tudo, parece um verdadeiro "sofista", fala de tudo e tudo inautêntico, talvez por desconhecer o *estado da questão*. Senão vejamos, como é que uma pessoa diz saber tudo, e para tudo coloca a sua opinião como se fosse o auge da sapiência? Típica insanidade! Deveria saber que sobre qualquer situação o mais importante é conhecer as partes que perscrutaram o assunto...

— Quem, o Portugal? Questionou Elavoco.

— Esse mesmo...

— Oh, não o dês muita atenção, é seu dever escamotear o que é vera, aliás, foi posto aí para responder na verdadeira cultura da dissimulação, pois os seus pares o temeriam, como se fosse algum tipo de capataz, apenas por conhecer alguns cânones. Por isso seu argumento constante, lei é lei, sobre a lei não se pode duvidar.

— Que discurso mais inepto carregado de detalhes irrelevantes... é nisso que dá colocar-se na política, mas não entender as manhas, mal sabe que *em política não se combatem homens, mas ideias!* — Amigo Elavoco, as leis devem ser respeitadas, mas nunca entendidas como imutáveis, pois não existe nada que tenha sido proclamado pelos homens que não seja pacífico de metamorfose; pelo contrário, elas devem ser entendidas como a vontade da maioria em determinada circunstância, mas isso não quer dizer que sempre é a mais justa, pois em alguns momentos pode significar que a maioria fora eivada a aprovar tal lei... Do ponto de vista filosófico, sempre que existir margem para contestar, deve-se contrapor, com a maior naturalidade do mundo... mas a agremiação que aclama o despertar aparenta que esse princípio inexiste, habituada à arte do fingimento por incapacidade argumentativa, apenas alquimia não levanta o braço, mas concorda com a cabeça.

— Que Deus proteja Angola de infames como esses, fingem que falam pela multidão, mas escornam seus votantes; pudera, nenhum foi titulado diretamente... são todos parasitas, escondidos na névoa de um dístico... magote de "pirralhos" petulantes!

— Claro, são vistos na tertúlia, todos ensonados, muitos aculturados, licenciados em medo, no tudo são todos "obnubilados".

— Quem, os Senadores!?

— Oh, esses já "não ouvem deixa".

— Mas espera aí? — O ventrudo também é promulgador?

— De acordo! Achas que não?

— Coitado, vive bracejando. Talvez por isso se diz iluminado, sim, conheceu os segredos dos cofres pátrios.

— Mas ele diz que até dá aulas na universidade, acrescentou Elavoco.

— Claro, nessas universidades de hoje em dia, cujos títulos são dados apenas para serem chamados de doutores, qualquer um pode dar aulas, mas professores nunca serão, pois isso que fazem nunca será ciência, e só por isso suas teses não são fundamentadas na constatação de hipóteses.

— O que é que achas dessa coisa de pôr as penosas a pleitear sobre os assuntos que dizem respeito aos galos?

— Penosas como aquelas não reverenciamos, dizem-se mulheres mas se negam à reprodução, claro, são "imitadoras", tudo o que sabem é sobre o inverno, sobre o verão, nada aprendem e nada sabem, e como nada aprenderam, tudo esquecem, porque nada sabem... algumas dizem-se representantes da *deusa Thémis*, a filha de *Urano e Gaia*, com isso fingem que julgam com imparcialidade e igualdade quando na verdade apenas destilam poder para impor a seu bel-prazer o que acham justo.

— Concordo, disse o amigo, que em seguida acrescentou, são indigentes, pois nem mesmo chegaram à pobreza do pensamento, afinal não conservam nem mesmo o orgulho dos sentimentos inatos.

— É tudo cultura do fingimento, diante das caixas têm determinado comportamento, mas se entristecem por lactar suas crias, como se fosse da natureza do galo. — Quanta tristeza, vivem alucinando, e pior, tudo o que falam é mera ilusão.

— Oh, Loita, não sejas "minudente", aquelas tipas sequer sabem diferenciar alucinação de ilusão, pois ao abrirem a boca falam enquanto sonham, ou melhor, deliram. — Não achas que alguém precisa chamá-las à razão?

— É impossível, é caraterística do delirante acreditar piamente nos seus delírios, são absolutistas, irredutíveis, não mudarão mesmo que demonstres o contrário de seus discursos, com argumentos lógicos. — *A coisa é simples e imutável, o galo cacareja, a galinha vem, fica repleta, e meses depois já tem os "pintainhos para mamar", disse Loita, enquanto caía em câmera lenta para o colo do amigo.* Mesmo caído, ainda teve tempo de acrescentar: — Estragaram o país, agora temos de tudo...

— Achas que não? Interrompeu Elavoco.

— Acho que sim, acrescentou Loita, que em seguida continuou, desde os que nos encheram de "cantinas", até os que sumiram com os cães, isso sem falar dos postos de trabalho que perdemos... já não podemos ser barbeiros, manicures, rádio técnicos, até isso tiraram-nos... achas que não?

— Acho que sim! Respondeu Elavoco.

— Tudo consentido... aquiescido por aqueleszinhos, com inteligência de miudinhos mimadinhos e certamente criados por paizinhos, acrescentou Loita, que em seguida continuou, todos estão lá pelas benesses, pelos motores, pelos passaportes, claro, só isso justifica não esquadrilhar pelo corpo social, seu empregador... enfim, esses que aí estão não lutam por justiça por serem os principais beneficiários da injustiça social, quanto mais injusto for, melhor para eles, pois quem os eleva permanece ignaro.

— Quanta desgraça é a nossa, disse Elavoco. — Com uma simples rasura no boletim, concedemos poderes...

— É o que digo, caro amigo, *"tal como a futilidade e os pequenos demônios entram em nossas casas por meio de certas mulheres, a desgraça e os grandes demônios visitam os nossos lares pelas imundícies de homens como esses..."*

— Oh, meu amigo, também fazemos parte do povo... mas me diga, como fomos capazes de "rasurar" em tipinhos como aqueles?

— Caro amigo, disse o amigo ao amigo, praticamente sem noção da realidade devido ao teor alcoólico que entorpecia suas células cerebrais. — *A resposta é simples, a guerra desenvolveu em nós uma espécie de depressão coletiva, por isso coletivamente estamos apáticos, letárgicos, nos autocensuramos, estamos cansados... e de forma inconsciente aplaudimos os incompetentes apenas para que se contentem com migalhas, e nos deem migalhas, pois com migalhas ficam contentes e não mais discutam por migalhas.*

Caros leitores, pelo teor da conversa dos amigos, embora entorpecidos, pudemos constatar que suas lamúrias expressam um desejo inconsciente de *"busca por aquele que se importaria ver-*

A DOENÇA DE JOSÉ

dadeiramente com seu povo, e certamente alguém imune à ambição dos bens materiais", um veltro[2] ao serviço de seu povo.

Enquanto os amigos falavam, entraram para a sala onde se serviam as bebidas e as iguarias, dois contemporâneos de Caldas, famosos no funeral por protestarem pelo modo como Caldas fora enterrado, sem as devidas honrarias militares. A todo instante afirmavam: "Caldas foi um grande patriota, deu seu sangue por essa terra, mas essa mesma pátria o despreza, preferindo tratar com honrarias os soldados estrangeiros... o mais alto chegou a dizer que, *numa terra onde não se respeitam os veteranos de guerra, à partida não existem patriotas.*

— Olha, olha, disse Elavoco, golpeando levemente o ombro do amigo... quem são aqueles dois? Perguntou, indicando para os veteranos que abandonavam o local em direção à porta.

— Oh, esses mais são os "confusionistas", respondeu Loita apontando para os antigos combatentes, Djamba e Kiesse, inimigos no passado, já que um militou nas extintas FALA, e o outro nas FAPLA, agora amigos; pudera, partilham as mesmas angústias... ambos eram contra o desarmamento da população, pelo contrário, lutavam para que quem tivesse condições neuropsicológicas pudesse adquirir uma arma, pois entendiam que todo coração forte, toda organização poderosa tem necessidade de ter uma arma que os possibilite defender-se, pois como defensores da pátria acreditavam que a melhor defesa era o ataque, então só assim se consegue impor respeito ou temor, e com isso repelir qualquer intenção mal visada...

— Foram importantes, mas agora ninguém os respeita, por isso como nós afogam as suas frustrações na bebida...

---

[2] O termo "Veltro" é mais conhecida por sua aparição na Divina Comédia de Dante Alighieri. No poema, Veltro é um personagem misterioso que é anunciado por Virgílio no primeiro canto do Inferno. Ele é destinado a caçar e matar a loba, simbolizando a cobiça, libertando assim a Itália e o mundo de seu domínio.

— Acho que sim, respondeu Elavoco, que em seguida continuou, mas eles estão muito mal, parecem sarnentos, desgraçados, os dois malnutridos, se não os visse não acreditaria, nem parecem os mesmos que também já foram chamados de "brutos", agora parece que lhes chamar esfomeados é um favor.

— Triste realidade, de fato é assim que estão alguns dos antigos combatentes, disse Loita num breve instante de sobriedade, se é que podemos afirmar com sinceridade...

Como tudo, nada é perfeito, mesmo em contexto de morte onde praticamente se presencia a imperfeição do ser, houve pessoas que, claro, atiçadas pelos copos, desoprimiam o que em condições normais não falariam, e juntando-se aos dois amigos foi a vez de Nelson, um dos filhos de Caldas, que com apenas 20 anos pouco ou nada conviveu com o pai, já que Caldas tencionava recebê-lo aos 14 anos, fato não permitido pela mãe, até porque o agora jovem praticamente assumia que seu pai era o padrasto, apegando-se no discurso popular de que pai é aquele que cria... e fora mais longe, pois o garoto desenvolveu uma espécie de ódio pelo pai, diziam as más línguas que no dia em que completara os 14 anos já havia desonrado o seu pai publicamente, com palavras pouco corteses, certamente um reflexo da educação que teve, pois faltou-lhe a velha e boa maneira de educar uma criança, *"puxando-lhe um palmo de sua orelha, seguida de privação de algo que gosta"*. Agora, atiçado pelos copos, voltou a proferir palavras inescrupulosas ao pai defunto, que apenas pronunciamos por respeito a si, caro leitor...

— Mereces morrer, hediondo velho desgraçado; agora Deus vai castigar-te, filho de uma "rameira", disse o jovem apontando para um retrato do próprio Caldas. Ajudado pelo copo, desoprimia o que estava guardado na alma, mas que para muitos não constituía novidade alguma, pois no dia a dia convivia com gente demasiado inferior, tanto pela posição social como pela educação, essa última que apenas permite duas opções, ou a temos ou não a temos...

Por esses e outros comentários que acreditamos ser inoportuno trazer à memória nesse momento, posicionamo-nos do lado dos amigos que ao verem-no a desrespeitar o pai sentiram-se no direito de repudiá-lo.

— Esse é aquele fulano que por tudo e por nada culpa o pai por não o ter criado, alegando, e só por isso, não ter nenhum dever, nenhuma gratidão por Caldas?

— Acho que sim, respondeu Elavoco, que em seguida continuou: — Argumento de um tolo, pois esquece que ele jamais seria capaz de fazer pelo pai o que o pai fez por ele, gerá-lo.

— Devia é agradecer... complementou Loita, mesmo não o culpando, pois entendeu que com vinte anos pouco ou nada podia entender sobre gratidão, até porque a sociedade em que nasceu nada entende de gratulação, e só por isso em coro aplaude todas as maluquices, idiotices dos que em conjunto gritam, "*pai é aquele que cria*", todos tolos, tolice de todos, dos que cantam, dos que vibram, até dos que reproduzem... que tolice, que idiotice, isso qualquer um pode fazer, e para tal não precisa ser pai, basta que goste da sua mãe, e muitas vezes não o faz por ti, mas pela mãe, pois quando se separam não terá nenhuma responsabilidade sobre ti, já com o seu pai, o único que se pode ter, pois os outros são padrastos, os tios, os amigos... o pai sempre dirá: aquele é meu filho... pai só existe um, o único que fez a única coisa que não podes fazer por ti, gerar-te... ninguém poderá repeti-lo, nem mesmo tu, fedelho mimadinho, por isso tens que ser grato, sim, todos os dias... rabujava Loita, diretamente para o jovem, e não parando por isso mesmo, continuou: — Seja grato, pirralho, gerado por um falo... o que dizes por aí é apenas um conceito social, pai é o gerador, o homem do qual a semente foi extraída. — Que pena, vibra de vaidade, no entanto diz ou faz coisa que desconhece, e fá-lo apenas porque a sociedade não o ensinou, e não é o único, pois as coisas que fazem as fazem, mesmo sem saber, é como dormir e acordar, dormem sem saber por que dormem, acordam sem saber por que acordam... é apenas o que sabem fazer... nada além disso, seguir o que a sociedade imoral ensina. — "Ao seu pai, deves obediência, pois sempre será seu superior moral, por isso seu criador e seu senhor", acrescentou Loita.

As palavras do amigo mereceram a concordância de Elavoco, sobretudo porque em outro momento Loita teria colocado os pais adotivos no mesmo pedestal dos biológicos.

Em outra mesa, não muito distante, alguns distintos jovens, certamente universitários de ontem, sem especialidade em protestos banais como os atuais, debatiam... o motivo, uma pergunta habitual que o velho Caldas gostava de fazer aos jovens sempre que os visse reunidos. — Citem, em vosso entender, quais as três pessoas mais importantes que existiram ou existem no mundo? As respostas como sempre variavam, entretanto, em ordem de hierarquia, os mais visados foram Jesus Cristo, o Deus tornado carne, responsável pelos principais preceitos éticos e morais do cristianismo, que pouco tempo depois viriam a inspirar São Paulo a desenvolver os princípios teológicos do cristianismo. Outro nome muito visado foi o do profeta Muhammad, por estabelecer os preceitos teológicos e os princípios éticos e morais do Islã, bem como pelo seu importante papel no desenvolvimento do próprio islamismo; Isaac Newton veio a seguir, com ele outros nomes como Buda, Confúcio, Cai Lun, o inventor do papel, e talvez por isso falou-se de Johannes Gutenberg, o homem tido como inventor da impressão, quando na verdade séculos antes os chineses já faziam impressões; Albert Einstein também fora citado, provavelmente, não pela teoria da relatividade, que mesmo nos dias de hoje continua a ser algo complicado de entender, mas pelo seu artigo referente ao efeito fotoelétrico. Não sabemos bem por que, mas foi algo que nos alegrou imenso, pois houve alguém que citou Louis Pasteur,

A DOENÇA DE JOSÉ

o biólogo francês, que tido inicialmente como "aluno medíocre" viria a tornar-se a figura mais importante da história da medicina moderna, sobretudo pelos seus experimentos, alguns conhecidos como "a teoria microbiana da doença", que culminaria na morte "da geração espontânea", dando lugar ao que viria a ser conhecido como biogênese, por outro lado, foi lembrado também pelo que ficou conhecido como "técnica de inoculação preventiva", abrindo o caminho para as inúmeras vacinas de que dispomos atualmente, e certamente responsáveis pelo aumento da longevidade da raça humana. Falou-se também de Galileu Galilei, de Aristóteles, o filosofo de todos os tempos, de Moisés, de Nicolau Copérnico, de Martinho Lutero, de Karl Marx, dos irmãos Wright, pioneiros na aviação... A conversa entre os jovens era realmente animada, pois sempre que se anunciasse um nome os outros tinham a obrigação de debruçar-se sobre ele... por isso, até porque o momento cultural parecia um passatempo, a conversa fluía, e mais nomes eram citados, e foi assim que outros apareceram, como é o caso de Gengis Khan, o grande conquistador Mongol, de Adam Smith, figura principal no desenvolvimento da teoria econômica, falou-se também de Edward de Vere, ou se preferirem William Shakespeare, para muitos o maior escritor que já viveu, não obstante a isso, houve alguma contestação, pois houve quem argumentasse que um escritor pouco ou nada poderia fazer para influenciar a história da humanidade, algo que foi rapidamente ultrapassado, já que mesmo no local, Chawana, um dos jovens, cuja preguiça intelectual o invejava, saiu em defesa de William, ao trazer à baila todos os sonetos escritos por Shakespeare, dando lugar ao que viria a calar a todos: leiam *Hamlet*, leiam *Macbeth*, leiam *Rei Lear*, leiam *Júlio César*, argumentava o jovem, que não tardou a continuar, se ainda alguém tiver dúvidas, que leia *Otelo*. Ao dizer isso, não houve uma única alma que continuasse a descrer na importância de Edward de Vere na história da humanidade. Depois disso, falou-se de inúmeras outras figuras, como John Dalton, Alexandre, o

Grande, Napoleão Bonaparte, Thomas Edison, Alexandre Fleming, Platão, René Descartes, Papa Urbano II, Santo Agostinho, William Harley, o homem que descobriu a circulação sanguínea e a função do coração. Falou-se também de John Calvino, de Gregório Mendel, e de tantos outros cuja memória não nos traz as devidas recordações. Depois disso, a conversa começou a ficar chata, pois começaram por aparecer nomes que ainda não passaram pelo crivo do tempo, foi o caso de Bill Gates, de Steve Jobs, e tantos outros modernos cujos feitos na atualidade inspiravam vários jovens que almejavam a fama e o dinheiro.

Loita, que ouvia atentamente a conversa dos jovens, não se conteve, e por isso mesmo se sentiu no direito de intervir. — Duas considerações, disse o velho, amigo do finado velho Caldas. — Primeiro é ridículo que citem tantas pessoas sem se colocarem a vós mesmos como parte do grupo de pessoas mais importantes que existe no mundo. Senão, ora vejamos, de que adianta conhecer tantas pessoas importantes, estudar todos os seus feitos, se vocês mesmo não estiverem preparados para receber todos esses conhecimentos? — Segundo, é ridículo proclamarem tantos e tantos outros sem sequer citar um único nome do seu país, disse o velho revoltado, que em seguida acrescentou, é isso que dá quando uma sociedade não promove a hierarquia, todos pensam que são iguais aos demais, mesmo que no seu íntimo sabem que isso é impossível... para suprir tal necessidade, proclamam outros para subjugar os seus. — Querem saber? Sois todos idiotas, cambada de "analfabetos funcionais", disse o velho, que acrescentou a seguir, jovens como vocês parecem saber muito, mas nada fazem para alicerçar a superioridade do vosso país sobre outras nações, pois acham-se superiores aos mais experientes, por terem estudado mais, por isso negam funções de base, esquecendo-se que aí está a principal fonte de aprendizado, no final se tornam mandões de pouco saber, bons entendedores de coisas teóricas, mas verdadeiramente nenhuma sublime... querem o alto sem entender o baixo, e só por isso desconhecem o mais elementar dos princípios, *"se não entende aprende"*.

As palavras de Loita atiçaram a ira dos jovens, que quase retorquiram, não fosse o seu amigo Elavoco a tirá-lo da briga, convidando-o para mais um copo. E foi assim que se conseguiu evitar uma briga desproporcional entre o grupo de jovens, que admitamos serem cultos, embora talvez não patriotas, e o velho amigo do defunto Caldas. — "São jovens e como jovens nada de interessante podem ensinar à *sociedade, pois tudo o que sucedeu em suas vidas é tão curto que nenhum fato pode ser encerrado, por isso, em vez de líderes de opinião, deviam ser liderados, e só depois liderar"*, rematou Loita, que não se dera por vencido diante da petulância dos jovens a quem tratou por pirralhos.

A conversa entre amigos, estendeu-se noite adentro, até das Mutcheles esqueceram. No dia seguinte, abandonaram o local do óbito... Para tirar a ressaca, uma forma justa que a família encontrou para escorraçá-los do óbito, ofereceu-lhes caldo de galinha, confeccionado por uma tal de Carlinha, depois de esconder as bebidas.

CAPÍTULO III

O velho Caldas, no auge da sua juventude, fundou a empresa Filhos de Angola, que anos depois configurava-se entre as mais lucrativas do país. No entanto, quando os proveitos começaram a surgir, decidiu viver como "caçador", passando o irmão mais novo a gerir os destinos da instituição. Caldas, nomeou Luvuile, como administrador de suas ações, com totais direitos...

Passados vários anos, fora convocada uma reunião familiar... dada a importância e o teor dela, todos os notificados compareceram, apesar de dias antes encontrarem-se no exterior do país, com exceção do presidente do conselho executivo da empresa, Filhos de Angola (FiA), o velho Luvuile.

A reunião era de caráter emergencial, o motivo pareceu-nos óbvio... Os sócios, mais alguns membros do conselho diretivo, tinham se reunido à margem dos habituas encontros. Como dissemos, o Velho Luvuile não fundou a empresa, no entanto foi sob sua administração que ela prosperou e tornou-se parte importante do sustento de muitas famílias... houve momentos menos bons, mas os altos foram aclamados por alguns aduladores como sendo o ápice de instituição, pois não havia um só cidadão que não tinha a mão pendurada na FiA... o sistema era simples, a empresa atingira um nível tal de crescimento que bastava um encômio ao "capitão" que no dia seguinte a miséria dava lugar à fartura.

De fato a FiA empregava muita gente e talvez por isso em todo o país se dizia que *um era o outro e o outro era esse um*... os que não conseguiu empregar, arranjou formas de fazer com que o espólio chegasse... Esses engodos eram feitos por meio de patrocínios a solenidades culturais, religiosos, programas televisivos onde se

A DOENÇA DE JOSÉ

atribuíam prêmios milionários a várias pessoas... enfim, tempos de glória para Luvuile, entretanto foi exatamente essa forma de gerir que terá precipitado uma pseudofalência à empresa, fato que não agradou aos sócios, pois, habituados às extravagâncias, muitos começaram a ouvir do estrogênio reclamações que apenas os desvalidos financeiramente escutavam, o que certamente passou a constituir incômodo quase permanente...

Não tardou e os sócios começaram a apontar máculas ao que chamaram de gestão danosa de Luvuile, então passaram a listar as ditas objeções, cuja raiz do insucesso estava no fato de o velho apresentar-se como um exímio colecionador... e com essas alguns filhos. Esse fato fez com que primeiro alimentasse uma disputa entre suas inúmeras amantes que alegavam direitos adquiridos sobre o atual patrono da empresa, depois cada uma minou o relacionamento entre os filhos de Luvuile, que no final apenas tinham uma missão, abocanhar para si e não para o coletivo os dividendos que visavam na FiA.

A maioria não tinha dúvidas, o sucesso de Luvuile com as mulheres era facilmente explicado pelo volume de seus bolsos, pois no conjunto era um homem simples, embora de educação fina e requintada, quase sempre bem "amanhado", sem preocupação com quantidades em seu guarda-fatos, mas que em verdade importava-se que suas roupas fossem bem passadas a ferro, daí a preocupação com o tipo de lavadeira, essa que tinha que ser asseada e com gosto em aplicar bainha, botões e vinco aos fatos, que não eram muitos, cinco no total, apesar de parecer que os tinha em infindas quantidades. — O segredo? Simples, trocar as gravatas, as camisas e lapelas!

Luvuile, tal como o irmão mais velho finado, era um homem de "multiplicidade de damas", e com elas inúmeros filhos, mas entre esses alguns tinham maior protagonismo, e só por isso destacamos apenas os que diríamos mais relevantes, apesar de um adjetivo que não se aplica aos seres humanos. Eram em ordem de importância, tanto no amor que o pai os dedicava, como no tamanho da influência que acabaram por ter na empresa, e por conseguinte, o tamanho do cofre. Pelo que passamos a citar: Fernanda Luvuile, a primogênita, filha de Tina Macolocolo; Jora Luvuile, o primeiro filho varão, filho de Saló, a alta; Marlene Luvuile, a situacionista, e Arcanjo Luvuile, ambos filhos de Jú São João; e por último Antunes Luvuile, filho de Chilé, a baixinha.

De todos, Fernanda tinha vantagem, pois esteve com o pai antes da fortuna, melhor, quando ainda o pai era um simples empregado na empresa, claro, antes de Caldas optar pela boemia...

Os filhos de Luvuile não se sentiam confortáveis com tal situação, com exceção de Fernanda, e talvez a "única" filha de Luvuile... aquela que realmente o amava, não pelo que tinha, mas por ser seu pai, algo que era difícil saber se comparada aos irmãos. A filha do "sofrimento", comentava quando estivesse entre amigos... Fernanda viajou com o pai a todos os lugares, era apresentada como a filha verdadeira em todos os círculos frequentados pelo pai. Quando o pai assumiu a direção da empresa FIA, passaram a chamá-la de infanta, algo bom para alguns e mau para outros, pois para os primeiros o fato de ser "fula", pintura herdada de Tina Macolocolo a ligava ao inverno... para os segundos, uma afronta, pois parecia que os pardacentos eram os que aparentavam privilégios constantes.

A vinda de um meio-irmão abolou na altura a pequena Fernanda, sobretudo porque era um varão, tristeza maior foi com o pai que tinha jogado por terra toda as esperanças de reconciliação com sua mãe. Quando chegaram os outros irmãos, já não mais ligou, afinal o pai também era de opinião que com as mulheres era necessário deixar a semente para as ter por muito tempo, entretanto um fato duvidoso, pois algumas é que o queriam para a eternidade.

Enfim, uma guerra entre irmãos estava instalada, sob comando de suas mães, qual delas a mais astuta? Cada um deverá tirar suas conclusões, talvez espelhando-se no que se tornará o filho de cada uma. Lutava-se por poder, quem tem mais, quem pode mais, esquecendo-se que o pai era apenas um dos societários da empresa, e que por isso devia prestar contas... mas o desejo pelo poder cegou-os a todos! No final, durante anos, sob influência do pai tinham conseguido infiltrar-se na companhia, e praticamente assumido todo o controle dela, com isso uma aparente união entre os irmãos Luvuile vigorava. Cada um concentrou-se em um setor da multinacional empresa, chegando mesmo a multiplicar as áreas de atuação, algo que muitos aplaudiram. Apesar da briga entre irmãos, alguns fizeram coisas notórias para a empresa. A mais velha atuava na área têxtil, e nos tempos livres dedicava-se à juridicidade das coisas, o primeiro filho varão era médico, porém deixou de exercer a profissão, alegando que pretendia ajudar o pai, um argumento que a poucos convenceu, pois Luvuile apenas ficaria feliz se o filho servisse o exército... os filhos de Jú São João, os mais parecidos à mãe, trabalhavam juntos, ambos no setor da educação, pois entendiam que a principal doutrinação devia ser feita por meio das letras... O filho de Chilé, a baixinha, era mais discreto, formado em petroquímica, vivia para tornar funcional as ditas refinarias de petróleo.

Mas voltemos à reunião... o filho mais velho e o cunhado, esposo de Fernanda, o mais sensível aos assuntos da família Luvuile, o tipo de varão que se perde pela família da mulher, tomaram a decisão de reunir a família, argumentavam que fontes seguras os tinham informado de que em uma reunião os outros societários davam como certa a destituição do pai do cargo mais importante da companhia.

Falava-se em inveja, pois os filhos do presidente do conselho executivo estavam na moda, parecia que agora não só controlavam a empresa onde o pai era o "maioral", mas o país inteiro.

Nada era feito sem a sua participação... meninos ajuizados, diziam alguns aduladores.

O primeiro filho varão, talvez um dos responsáveis pela desgraça dos Luvuiles que concluímos se avizinha, por anos provocara descontentamento ao pai, pois tinha sido cogitado para servir o exército angolano, visando dar maior segurança à família. Sabemos que não estavam ligados à política, porém o fato de viverem em um país com histórico bélico, o serviço às forças armadas os daria maior prestígio em detrimento dos civis. Tomou a palavra e falou nos seguintes termos: — Diante do fato aqui apresentado, e como sabemos, eles, os sócios, olhando para os estatutos da empresa, têm autoridade para o fazer, e agravando-se pelo fato de a imagem do pai e da empresa estarem algo desgastadas, precisamos antecipar-nos para não sermos surpreendidos.

O velho Luvuile de fato estava há muitos anos como mandão da empresa, e não que os estatutos temporizassem o poder, mas convenhamos que *o tempo desgasta o físico e com ele a alma do indivíduo*. Pelo que viemos a saber sobre os estatutos da empresa, constava que limitavam os mandatos, salvo erro por um período de quatro anos, mas nos pareceu prorrogáveis por tempo indeterminado, algo que viria a ser confirmado por uma das filhas de Luvuile, ao consultar *in loco* todas as normas da sucessão.

— Os estatutos também dizem que podem ser prorrogados por tempo indeterminado desde que os acionistas concordem, interrompeu Marlene, a ruvinhosa.

— Claro que os estatutos da empresa também dizem isso, e foi nesses termos que o pai permaneceu na companhia por vários anos, mas esse tempo terminou, pois agora são os acionistas que exigem sua retirada, concluiu Job para o silêncio da maioria. — Por mim, temos que pensar em um nome, alguém que faça parte do conselho, alguém que mereça a nossa confiança, mas uma pessoa que sempre esteve do nosso lado.

A DOENÇA DE JOSÉ

— Será que naquele bando de invejosos ainda existem indivíduos a quem se possa confiar? Questionou Marlene, agora mais serena.

— Claro que existe, afinal o pai sempre os tratou com dignidade, disse Antunes, o mais circunspeto dos irmãos.

— Alguém sugere um nome? Perguntou Arcanjo.

— José Londuimbali, disparou o cunhado.

O nome caiu como uma bomba, para silêncio repentino dos demais.

— O Man Zé!? Questionou Fernanda, algo admirada, e com razão, pois no passado um mal-entendido envolvendo tio e sobrinho se tinha instalado na empresa, pois o sobrinho alegou direitos sobre a sucessão...

— Águas passadas, respondeu o próprio patriarca, o velho Luvuile, esse que era discreto e direto, mas na empresa cuidava de tudo, por isso tinha tudo, e tudo dava. *Um homem generoso, pois quase sempre "sorria" para esposa e para as empregadas...* Poucas vezes um riso viajante fora visto em seus lábios, por isso um homem sério!? Não cremos, pois não pode haver seriedade em um sujeito que dá às empregadas algo que pertence à sua esposa, a priori um Caldas! Luvuile em seguida continuou, acho a sugestão interessante, concordo com o nome, pois o considero um homem de palavra. Conhecemo-lo bem, sei que se disser aceito estará do nosso lado sob qualquer custo, e do mesmo modo, se não aceitar, nunca estará do nosso lado. É implacável, aprendeu no exército, lugar onde muitos deviam ter passado, disse o velho com um olhar intimatório ao filho mais velho.

— Pai, o poder e o dinheiro mudam as pessoas, disse Fernanda, que não tardou em continuar. — Não será que uma vez tendo poder usará contra nós?

— Quanto a isso, apenas temos que esperar, a vida é assim, filha, arrisca-se, depois vemos se perdemos ou ganhamos, entretanto, ao tomarmos qualquer decisão, precisamos ter convicções firmes e assumir as nossas ações, sejam elas boas ou más.

— Olhem onde a imprudência nos levou, tantos anos juntos, mas desunidos... tivemos oportunidade de criar uma empresa familiar, sem nenhuma ligação com essa onde o pai é o diretor... todas essas provações nos fazem parecer imbecis, sem "visão", inertes e sem iniciativa, disse a filha mais inquieta.

— Nossas mães, acrescentou Arcanjo.

— Não as culpemos, influenciaram-nos, sim, mas quando crianças, agora esse argumento não faz sentido nenhum, já que há muito somos adultos, e se hoje nos reunimos não é por nos amarmos mais, mas por estarmos em apuros, sob risco de perdermos todos os nossos bens, esses que os invejosos alegam termos conseguido usurpando-os dos fundos da empresa e, claro, dirão que foi com anuência do pai, argumentava a primogênita.

Sobre Fernanda, podemos atestar, claro que hoje é endinheirada, mas nem sempre foi assim, pois, como alguns casacudos do mundo, esforçou-se e lutou, depois conquistou algumas coisas por seus esforços, dedicação e sua veia empreendedora. Lembramo--nos de que desde criança teve faro para os negócios, o pai um exemplo, mas os maiores vieram dos tios maternos, que jovens já eram empresários de sucesso, como é o caso de Azevedo, dono de uma frota de camiões, que entre outras coisas transportava peixe seco do Lobito para o Huambo. Quando a mercadoria teimava em ser despachada, distribuía entre suas irmãs para que vendessem entre a vizinhança... Foi desse jeito que Fernanda adquiriu o faro para os negócios, ainda aos 7 anos era responsável pelo controle das pequenas finanças que advinham das vendas, um jeito que sua mãe encontrou para ensiná-la a valorizar o dinheiro. — Pagou levou, repetia a pequena Fernanda, para gargalhada dos compradores. — "Danadinha", brincavam...

Aos 14 anos, confrontou sua mãe, dona Tina Macolocolo. — Quero abrir o meu próprio salão de beleza. Um desejo que fora frustrado pelo pai, que insistiu que o momento era para concentrar-se nos estudos e não no dinheiro. Esses argumentos não satisfizeram a "danada", que dias depois voltou a reunir os pais, anunciando sobre as notas fabulosas que tinha tirado na escola, entretanto aproveitou para anunciar outra tomada de decisão.

— Vou fazer um estágio sem remuneração no salão de beleza da senhora Eyala, preciso ocupar os meus tempos livres.

Para espanto da pequena, os pais não se opuseram, algo que pensamos ter sido influenciado pela reputação das pessoas que dirigiam o pequeno negócio. O estágio durou pouco tempo, a pequena jovem manteve suas atenções nos estudos, até que aos 18 anos, já adulta, abriu seu próprio salão de beleza. Que fique claro, aquele era um salão de beleza de primeira, não um salão qualquer como esses que vemos por aí aos "montes" nos nossos musseques, que funcionam à base de um secador fixo e um de mão, um espelho e uma funcionária. Esse era sofisticado, apesar de estar no bairro Sambizanga, propriamente na rua da madeira, problema mesmo é que teve que encerrar de forma prematura, pois a concorrência era com o mercado Rock Santeiro. Tempos depois ouvimos falar que Fernanda tinha celebrado um contrato com fornecedores de vestuários nos Emirados Árabes Unidos, esse, sim, podemos atestar que mudaria completamente sua vida, a forma de ver e olhar para os negócios, e foi por meio desses acordos que terá conseguido o respeito e admiração das pessoas, incluindo a de seu pai que a chamou para a empresa. Depois, como tornou-se milionária, não podemos explicar-vos, talvez ela mesma teria que nos contar, mas o certo é que desde então passou a "cagar em dinheiro". Os outros entraram na empresa mais por exigência de suas mães, que a todo instante ameaçavam fechar as portas a Luvuile caso se opusesse à entrada dos filhos na companhia.

De fato, o velho se achava esperto, mas talvez os mestres do Okavango não chegaram a alertá-lo sobre o perigo de se ter várias mulheres, mesmo quando não legalmente casadas, pois é quase impossível conseguir unir os filhos, na verdade criam-se várias fações, cada um querendo puxar a brasa para sua sardinha, em resumo as mulheres "lixaram-lhe".

— Liguem para ele, e digam que apareça cá com máxima urgência, falou o patriarca naquela arrogância que só a tem quem tem poder!

Passados alguns minutos na busca por contatar José, tiveram que ouvir de Rosalina que o chefe, no caso Man Zé, estava incomunicável, pois no instante em que lhes falava não tinha como anunciar as pretensões da família. As palavras da secretária não soaram com agrado aos ouvidos do velho Luvuile, que mesmo à distância exigiu que precisava ver o sobrinho o quanto antes. A frontalidade do velho fez com que a secretária abrisse o jogo!

— O chefe está ausente para assuntos pessoais.

— Em seis horas, espero-o para uma reunião, disse o velho Luvuile, num tom que diríamos tirânico.

CAPÍTULO IV

O restaurante que beirava o mar, na ilha de Luanda, foi o local escolhido para o encontro dos recém-conhecidos, José Londuimbali, filho de Caldas, e Milocas, filha de Mahindra.

Naquele dia, o sol nasceu limpo e resplandecente, e o dia caminhava para o seu fim, dando lugar à noite. Para o evento que se avizinhava, o senhor que acabara de completar os 45 anos de idade colocou o seu melhor sapato, a melhor camisa, o melhor fato, enfim, preparou-se à altura do encontro. Se estava bonito ou não isso pouco interessa, afinal para a testosterona o mais importante é o peso da carteira, e isso o cavalheiro tinha de sobra. A confluência fora preparada com pompa e circunstância, tudo ao pormenor, um acordo tinha sido feito com a gerência, estariam encerrados para balanço, apenas argumento... a verdade é que o espaço fora reservado para o casal... Uma banda fora contratada para abrilhantar o encontro, uma música encomendada, a composição feita para ela, o autor, claro, aquele músico que vindo das terras das acácias tirou a sorte grande, na grande cidade, Luanda, com muito esforço e dedicação, diga-se, porém muitos alegam que feito gravidade, tal como subiu, acabou descendo e agora já não tinha a alma grande... ao que então passamos a descrever a letra da música...

Milocas... doce Mulher
O mundo curva-se por suas curvas, moça mulher...
Sob o teu olhar o muito foi criado...
És flauta viva, tens o que todos querem... não é caridade, é alacridade...

Longe de ti é eterna saudade...

Vem que estás comigo... é o perfume do teu batom atado nesses lençóis que não me dá sossego.

De quatro, deixa que essas quatro paredes testemunhem o que acontece em nosso quarto.

És tão bela que mal cabes nessas molduras.

Milocas... doce Mulher

O mundo curva-se por suas curvas, moça mulher...

Tens o rosto que irradia santa e gloriosa alegria de viver.

Contigo o dia não tem fim, diga sim, que o meu sim é o completo alvorecer...

Deixa-me estar contigo... liberta-me desse afogo, pois amar-te é o meu único dever;

Vem que serás amada, doce kianda... o teu vestir não é vulgaridade, é vaidade que não se apaga com a idade.

Tudo em ti é puro, amor viajante de paixão vibrante... deixa-me deixar-te como o mar por te amar, mesmo que por uma noite.

Milocas... doce Mulher

O mundo curva-se por suas curvas, moça mulher...

És paz em dia de caos...

Tocas-me só com o olhar;

Mulher amiga da noite, moça mulher.

Os garçons estavam uniformizados para a ocasião, estava na cara, Milocas não sairia daí "viva", seria "abatida"... O cenário justificava-se, pois uma emenda Caldiana recomendava-se: *A carne não pode ir à grelha sem ser temperada.*

A DOENÇA DE JOSÉ

O presente fora escolhido pela secretária, aliás essa que obrigatoriamente tem que ser "cúmplice" do chefe, senão nem adianta ter e, claro, essa tinha bom gosto, até parece que escolhera para si, o colar mais bonito já feito nesse humilde país, Angola, comprado na mesma loja que a burguesia escolhera para expor as belezas naturais desse belo país, e realmente era bonito.

Naquela noite, Man Zé parecia ser o casado mais feliz, saiu de casa com um sorriso de quem de fato iria "trair" a esposa... um beijo à mulher antes de sair, e ela sorridente correspondeu, como se estivesse a dar permissão para o ato futuro...

Como dissemos, o sol encaminhava-se para o auge da timidez e um entardecer pálido e fresco morria dentro da noite, com isso o motorista já aguardava pelo patrão... Não demorou muito para abrir a porta, o chefe entrou, deslocaram-se em direção à cidade baixa, depois para a ilha de Luanda, passaram pela marginal... deu para ver a beleza dela, não tardou e já percorriam o *clube* náutico, aí tiveram que reduzir a velocidade, pois as "crateras" na estrada que ano após ano eram remendadas já constituem uma marca local... continuaram com a marcha rodoviária... passaram pelo "fantasma" do hotel panorama, pouco depois já estavam no local, enquanto caminhava pensava em Milocas, assoviava doce e loucamente... o ambiente era outro, as pessoas que faziam o atendimento sentiam um clima de libidinagem, e as funcionárias não se importaram com a presença do cavalheiro, pois a ideia era conhecer as parecenças físicas da senhora cuja presença fizera com que o restaurante praticamente fosse encerrado...

Enfim, um copo de vinho fora oferecido ao cavalheiro enquanto aguardava-se pela senhora... uma música de fundo era tocada, hoje nada de Barceló de Carvalho "Bonga", claro, era a preferência de Man Zé... entretanto, era um dia romântico, por isso o ideal seria tocar Zé do Pau, em "amor com jeito", mas a moça confessara que gostava de Aretha Franklin, por isso tocava-se I'm in love... ao vivo soava melhor, o jovem intérprete esforçava-se para aproximar-se da original, mas sabemos que é impossível, no entanto glorificamos o esforço...

Passado algum tempo apercebemo-nos que a garrafa do cavalheiro já estava ao meio e nada da senhora Milocas...

Os presentes olhavam-se uns aos outros, questionavam-se se realmente haveria espaço para o tão aguardado jantar. O rico parecia pobre... o músico estava a perder a paciência, mas tinha que manter a calma, pois o "cachê" comparava-se ao que receberia durante três anos de concertos diários... o "madíe" que compôs a música não tinha nada a ver, pois o esforço já estava feito...

Duas horas se tinham passado e nada da moça...

— Meu jovem, disse Man Zé acenando para o garçom que o servia... — Tens namorada? — Alguém que ame de verdade?

— Tenho, senhor, respondeu o jovem algo trémulo.

— Então liga pra ela e diz... Man Zé não teve tempo para terminar, fora interrompido...

— Senhor, parece que vem alguém, disse uma voz que tentava sinalizar para que todos se posicionassem e se iniciasse o plano.

— A moça entrou para o recinto, Man Zé estava distante, por isso não podia ser avistado, mas não importava, pois fazia parte do plano.

Primeiro um jovem a recebeu, estendendo-lhe a mão, caminhou com a dama como o pai que leva a filha ao altar, simbolizando a entrega formal para as futuras "refeições", ao mesmo tempo outro rapaz com seu violino tocava para a bela jovem... Enquanto isso, ela seguia e se mexia, gingava, e como gingava, gingado dos mais belos avistados... uma cadeira foi colocada, ela se sentou, no fundo uma cortina foi aberta, a uns quatro metros estava o músico, as canções eram em sua homenagem, e isso era o suficiente, claro, a jovem nunca imaginara tal façanha...

A DOENÇA DE JOSÉ

Tentou falar, mas não pôde, afinal não se deve atrapalhar um momento tão belo, o ideal é deixar que aconteça, e assim foi, quando a música dedicada a si terminou, foi então que o cavalheiro que estava do outro lado, diríamos escondido propositadamente, estendeu o braço convidando-a para uma dança... Os corpos uniram-se, ocasionando um ténue passeio entre o peito de um no outro, mas apenas por escassos milésimos de segundo...

— Querem parar com isso!? Gritou a moça de forma assustadora, e para espanto dos demais...

Os presentes não entenderam... o que é que teriam feito de errado? O músico ficou assustado, os garçons correram aterrorizados para ver o que se estava a passar... Man Zé ficou petrificado.

— Claro, o senhor sabe que não sou quem espera...

Uma grande confusão se tinha instalado, a moça apenas trazia uma mensagem para o cavalheiro. Um pedaço de papel dentro de um envelope fora entregue a José...

— O nosso encontro foi alterado, encontra-me amanhã, às 10 horas na cidade-mãe, lia-se no bilhete, assinado por Milocas, a filha de Mahindra. Com essas palavras, uma emenda caldiana teve lugar, *"falar é da sua natureza, excisar a tramela é um dever do sujeito"*.

José não pôde acreditar... — Como pode!? Questionou-se, mas em vão, pois no fundo sabia que o faria, já que a dama valia todo o esforço, afinal estamos a falar de Milocas, uma Mutchele, filha e com parecenças da própria Mahindra, um doce de mulher... ela que lhe deu o beijo que lhe causava insônias, devido à ânsia por repetir. Esses dizeres levaram-lhe a querer saber mais sobre as delícias que poderiam estar escondidas entre os labirintos que circundam o céu e a terra daquela moça mulher.

O ambiente foi desfeito, apenas teve tempo para ligar para o seu piloto a solicitar que fizesse um plano de voo para a cidade-mãe.

— Mas são 4 horas daqui até lá, patrão, respondeu o funcionário.

José hesitou, mas uma hesitação com duração de um relâmpago, pois a volição era grande.

— Nelo, não tenho outra escolha, temos de o fazer, se ela diz que será lá, devemos ir, não importa a distância... concluiu o patrão.

Quando o relógio marcava 6 horas da manhã o pequeno avião já tinha descolado do aeroporto internacional 4 de Fevereiro, e de fato 4 horas depois estavam no aeroporto internacional da África do Sul, na Cidade do Cabo, também conhecida como *Mother city*.

— E agora, senhor!?

— Não sei, meu caro, apenas aguarda-me aqui...

— Existem custos senhor...

Um olhar intimatório foi feito, como se tentando dizer que isso não era problema...

Na saída, para seu alívio, alguém o esperava...

— Muito gosto, venho a mando da senhora Milocas.

— Mas eu tenho motorista aqui...

— Ela tem ciência disso, mas prefere que o senhor seja levado por mim.

— Que seja...

— A propósito, meu nome é Wendapi. A senhora o aguarda no *Waterfront*.

Ao ouvir tais palavras, José ficou animado, mas não demorou muito, pois, habituado a presentear, sugeriu que rumassem para um mostruário da cidade... E assim aconteceu...

Antes de rumarem para o local combinado, ainda passaram pela *long street*, o motivo: comprar um buquê de flores, em algumas das variadíssimas lojas de que dispunha a avenida... os objetos encontrados não satisfizeram o cliente, então o motorista sugeriu que pela proximidade passassem pelo *Africa Mall*, pois a senhora era amante de arte africana, por isso um pressente simples talvez a agradasse, pelo que José concordou.

As 11h e 10 minutos chegaram ao famoso *Waterfront*.

— Minha missão é deixá-lo aqui, a senhora sugere que a procure.

— Mas como?

— Não sei, senhor, respondeu o motorista, com um ténue sorriso, transparecendo guardar algum segredo...

— José atravessou a ponte móvel, depois avistou uma enormidade de restaurantes, entrou em vários, sem solução, enfim estava cansado, não muito por procurar, mas pela noite mal dormida, e depois a distância percorrida durante o trajeto aeroportuário, 4 horas... a passagem pela *long street*, e agora isso, questionava-se, até perguntava-se se de fato aquela donzela merecia tanto sacrifício.

— Cansado decidiu refrescar-se, descansar no local que mais lhe pareceu familiar. O Restaurante *Life Grand Cafe*, pensou em degustar o famoso *Salmon Poke Cruise Bowl*, claro, ladeado do seu habitual conhaque, uma especialidade da casa. No entanto, nem teve tempo de anunciar o pedido, pois foi de lá que, voltado para frente, viu uma mão acenando para ele a partir do vagão preto *vip*, da roda-gigante.

Teve certeza, finalmente encontrara a jovem que tanto trabalho lhe estava a dar. Desceu às pressas e deslocou-se ao encontro da moça. No local, os responsáveis pelo controle da roda-gigante já sabiam que a moça o aguardava, pararam-na, permitindo assim que o jovem senhor subisse, e foi nesse momento que, enquanto tentava subir, teve uma sensação de choque, algo vibrou em seu bolso, o visor registou uma mensagem, e não era o tipo de informe que se devia ignorar. O remetente? Sua secretária, no telefone privado...

— O *chefe* precisa do senhor com a máxima urgência, é um sinal vermelho, leu.

José sabia que quando o sinal vermelho era acionado nada o poderia deter, tinha que ceder... O reencontro já não foi como esperava, pois teve que lhe dar a triste notícia.

— Tenho que partir...

Milocas o encarou com aquele olhar de sempre, como se o quisesse chamar..."amador"... em seguida disse: — Temia que não viesses, e isso me partiria o coração... — Passei várias noites a pensar em como seria o nosso encontro, e foi então que decidi que nos encontrássemos aqui, no *V&A Waterfront*, queria que esse porto revitalizado testemunhasse o recíproco bem-querer, planejei muitas coisas... queria convidar-te para que comigo visitasses a *Robben Island*, e que talvez entendesses o que é estar distante das pessoas que amamos, queria que tivéssemos tempo para estarmos na *Table Mountain*, e daí rumarmos para *Camps Bay*, onde sobre o olhar dos doze apóstolos conversaríamos sobre as maravilhas que o Cabo da Boa Esperança pode proporcionar... disse a jovem, com um olhar melancólico capaz de entristecer qualquer alma vivente.

— Mas cá estou, apesar de ter que partir...

— Quero que me peças em casamento, disse sem rodeios a jovem que acabara de completar 25 anos de idade!

José ficou assustado diante da proposta de casamento, porém por breves segundos, pois em seu interior admirou-a ainda mais... Encarnação de Mahindra, pensou em silêncio!

— Mas, mas, gaguejava. — Existem algumas...

— Desculpa, disse a jovem, eu entendo, mas...

— Mas o quê!? Falou o jovem senhor, sem que a moça terminasse.

— O senhor não vê que o estou a evitar? — Por acaso não vê que...

— O quê? Voltou a questionar o jovem quarentão, porém algo ansioso.

— Estou perdidamente apaixonada pelo senhor, sinto-me envergonhada, pois sei que é casado... Não é isso que quero para mim... quero e sempre sonhei ter um homem só para mim... Não creio que consiga suportar dividi-lo com outra mulher, pois sei como essas coisas terminam, serei a mulher dos dias bons, a mulher dos eventos festivos, a mulher para convívios, e isso não quero, pois acredito que os maiores vínculos são construídos na dor, no sacrifício... sonho com o senhor em meus braços quando estiver doente, quero ser eu a dar-te mimos todas as noites, quero dormir a olhar-te, quero que todos saibam que és meu e de mais ninguém... disse a jovem, até de forma histérica, mas sincera, com aquele olhar de sofrimento e de paixão não correspondida. — Creio que Deus me está a dar sinais, mal viesse e já tens que partir, é um sinal, disse a virgem jovem, que aproveitou o momento para desgrudar-se da mão do cavalheiro. — Desculpa, mas espero que te esqueças de mim.

Dito isso a jovem desgrudou-se completamente do cavalheiro, e saiu desvairada a correr, sem rumo certo. José correu atrás da moça, e não tardou, alcançou-a...

— Julgas ser fácil pra mim? — Achas que se não me importasse estaria aqui?

— Então, diz de uma vez por todas, o que é que queres de mim? Disse a rapariga, quase em desespero...

Dito isso, um breve silêncio tomou conta dos apaixonados... miraram-se olho no olho, dente no dente, enquanto isso os opulentes seios da jovem roçaram nos tímidos peitorais do quarentão... Num instante, um suculento beijo, cuja iniciativa não conseguimos atribuir a nenhum dos dois, foi presenciado pelos inúmeros turistas que visitavam o local...

Man Zé perdeu-se naquele beijo, mas não tardou, parece que a moça o fizera de propósito, pois desgrudou-se dele, correu e num instante estava no interior da primeira viatura que viu... Man Zé tentou acompanhar, mas em vão... entretanto, o inevitável aconteceu... tal como se diz por aí, a sorte acompanha quem já a tem, um turista, cujo carro acabara de estacionar, observou a cena toda protagonizada pelos amantes, fez-lhe sinal de que se desejasse iriam atrás... Man Zé não hesitou, entrou na viatura, o motorista acelerou o máximo que podia, e num piscar de olhos alcançaram o veículo, dirigido pelo mesmo motorista que o pegou no aeroporto. Ao aperceberem-se de que outro veículo os seguia, e que Man Zé estava nele, aceleraram ainda mais, fazendo com que o motorista do Cadilac acelerasse mais e mais, porém algumas vezes forçado a realizar manobras perigosas. Enquanto isso, a jovem sorria afrodisiacamente... era uma aceleração quase sem fim, mas, claro, o moço do Chevrolet não tinha como rivalizar com o do Cadilac, quando os carros ficaram lado a lado, permitiu que os apaixonados se confrontassem...

— Certo, eu caso contigo, disse num grito audível, enquanto o Cadilac marcava 120km/h...

— Repete que eu não ouvi, gritou a jovem.

— Caso contigo, repetiu o quarentão com sinceridade e desespero.

Dito isto, Milocas fitou-o por instantes, viu um olhar verdadeiramente suplicante... deu para ver paixão ardente naquele rosto adulto, pois, apesar de filho de Caldas, tinha a fama de ser leal, e agora demostrava uma paixão ardente, e não era silente, pois estava viva e bem viva... a jovem ordenou que o Chevrolet fosse parado, Man Zé e o seu condutor pararam igualmente... tentou

A DOENÇA DE JOSÉ

agradecer, mas o homem do Cadilac sabia que não havia tempo a perder...

— Vá e seja feliz, disse o homem do Cadilac.

Man Zé saiu do carro, tentou responder que já era feliz, entretanto não o fez por estar inundado de desejo, e de fato era a volição que falava por ele, estava desgovernado, governado pelo prazer...

Milocas viu sinceridade e desespero no cavalheiro, por isso mesmo, antes que o cavalheiro falasse, ou melhor se recompusesse, ela adiantou-se... — Vamos levá-lo ao aeroporto, disse ao motorista.

Man Zé alegrou-se, pois sabia que tinha que partir, mas não daquele jeito, parecendo que sua viagem fora em vão.

— O senhor veio até mim, e para tal não seria justo deixá-lo ir de mãos vazias...

Houve um momento de silêncio, em seguida continuou a jovem. — Tenho um presente para ti, voltou a dizer a moça.

— Estou curioso, respondeu o quarentão, agora mais calmo.

Milocas fitou-o nos olhos, em seguida ajeitou-se melhor no banco de trás do diminuto, mas confortável Chevrolet... lentamente foi baixando sua tanga, ao mesmo tempo que em seus lábios viajava um ténue, porém permanente sorriso de malandra, ao estilo Mahindra... enquanto isso, o cavalheiro ficava "inquieto", mas em vão, pois a virgem jovem sabia o que fazia.

— Quero que a leves contigo, disse a jovem ao entregar a tanga com seu "fio dental" até a parte traseira, e que tinha na parte frontal uma abertura em vê, própria para encurtar o tempo... — Vi o que o senhor Caldas fez... gostaria que a levasses contigo, concluiu.

Quando chegaram ao aeroporto, a moça despediu-se do cavalheiro, esse que partiu triste, pois depois daquele esplendoroso momento de alegria que apenas conheceu a gênese a jovem disparou... — Teremos que continuar o que apenas começamos...

Embora essas palavras fossem proferidas sobre lágrimas, acreditamos que foram verdadeiras, pois de que adianta viver um momento como o que acabara de experimentar, de pura doçura, de verdadeiro esplendor, ao estilo animalesco irracional, para mais tarde simplesmente dizer adeus. *Parece que a vida é isso, já que muitos viveram a plenitude da humanidade, para depois partir como indigentes, sem nada, tal como vieram à vida, com o agravante de terem nascido trazendo algo, a vida, entretanto, morremos sem levar nada, morte, é exatamente isso que é a morte, nada, partimos para o nada, regressamos para a inexistência do corpo... consolo mesmo, apenas crendo na ressurreição!*

Por fim, despediram-se... enquanto a jovem ia, José a encarava de trás, seus passos pareciam que andava em câmara lenta, um andar de felicidade manifesto pelo gingado que transportava seu corpo de um lado para o outro, seus cabelos moviam-se em direção oposta ao de sua cabeça, José vangloriava-se pois sabia que a próxima seria de vez, sentiu-se o máximo... ao retomar seus passos, veio-lhe à memória *Louis Armstrong, e como se fosse a lenda expôs seus dentes, dando espaço para um riso sem igual, cantou "What a wonderful world", e com as mãos nos bolsos caminhava para o embarque sem se importar com ninguém...*

Já no avião, a sensação com que ficamos, era a de que José partiu alegre por ter vivido uma aventura, porém parecia confuso, pois agora alucinava, a imagem da doce Carol, a mulher que amava e sempre amará, não lhe saía da mente. O que iria fazer, questionava-se, pois agora mais do que nunca não poderia ignorar Milocas, afinal jurava ser impossível viver sem repetir aquele momento... teve que partir, e partiu... sabia que o dever o chamava, e dessa vez, mesmo morrendo de vontade para seguir a doce donzela, não podia, afinal um alerta vermelho é sempre um alerta vermelho... as hierarquias devem ser respeitadas, e conhecendo o velho Luvuile, pragmático como era, um código vermelho não poderia ser ignorado sob nenhuma circunstância.

Como dissemos, partiu triste, mas por um motivo nobre, partiu como um jovem que apaixonado pela primeira vez é alistado para servir o exército, e com isso deixar o seu amor ainda fresco... é assim que acontece quando o dever chama, partimos e não olhamos para trás, felizmente e apesar de não haver idade para as coisas do coração, José sabia que muita coisa estava em jogo, e que alguns sacrifícios pessoais deviam ser feitos, e teve que fazê-los. Entretanto, um dilema se tinha oficializado em sua vida, um daqueles que encontramos em *"Cien sonetos de amor, de Pablo Neruda": Desde aquele momento, amava como se amam certas coisas escuras, secretamente, entre a sombra e a alma. Um amor como a planta que não floresce e leva dentro de si, escondida, a luz daquelas flores... A* amava *sem saber como, nem quando, nem de onde, amor direto, sem problemas, sem orgulho...* por fim, partiu com saudades de reviver o que tinha iniciado com a doce jovem, uma moça mulher.

CAPÍTULO V

Eram 22 horas, conforme tinha sido acordado, a *staff* voltou a reunir-se, dessa vez com a presença de Man Zé ou, se preferirmos, José Londuimbali. O velho Luvuile estava no seu selim habitual, um sinal para os filhos, deixando claro que ainda era o patriarca da família... levantou-se, e em respeito todos o seguiram. — Sentem-se por favor, disse o velho, que não era tão velho assim, afinal os 73 anos de idade os completara recentemente, porém a tradição e os costumes assim exigiam... Para amenizar o encontro, Fernanda, que era tida como a mais requintada, verteu chá numa xícara de chá que estava junto ao bule de chá... era preciso relaxar, pois previa-se que as coisas iriam se intensificar.

— Caro José, sabe por que foi chamado? Perguntou o velho.

— Não. Respondeu sem rodeios.

— Tem ciência de que amanhã, diria até de forma desrespeitosa, alguns membros da direção, pretendem tirar-me da presidência do conselho?

— Sei! Respondeu friamente Man Zé.

— E por acaso sabe o nome do sujeito que desejam colocar em meu lugar?

— Sei, voltou a responder friamente.

— Se sabe diga logo, interveio o velho, algo descontrolado.

— Eu disse-lhe Man Zé, olhando-o nos olhos.

Tendo José se pronunciado de forma direta e pouco habitual, presenciou-se um silêncio quase sepulcral, e foi conspícuo... naquela reunião era praticamente visível que José nascera para ocupar aquele lugar, não precisaria falar, pois sua fisionomia e seu intelecto o ajudavam... quando falava, o que mais chamava atenção era o timbre de sua voz, de estranha suavidade, que alternava com seu tom rude e quase rouca, talvez por isso os filhos do velho pareceram assustados, visivelmente arrepiados.

A terceira filha quase não se aguentou no silêncio que se impunha, não fosse a repreensão gestual do velho teria aberto a boca.

— Temia que fariam isso, disse o velho que em seguida continuou. — Sabe que governar sem o meu apoio ou, melhor, com tão pouca margem percentual em termos de ações não seria benéfico para si, concorda?

— Depende, disse Man Zé, algo tranquilo, talvez escondendo algum segredo competitivo.

Essa atitude forçou Luvuile a abrandar a sua aparente arrogância, pois era sábio, e sabia que não tinha outra opção senão baixar a guarda e apelar à consciência de Londuimbali.

— Filho, é do vosso domínio que foi sob minha administração que essa empresa conheceu o apogeu, a enriqueci e tornei-a respeitável... tornei a concorrência inexpressável, e hoje praticamente somos um monopólio no ramo em que atuamos... alguns acordos, empréstimos e parcerias que firmamos deviam merecer prudência de nossa parte, algo que admitimos como descuido. No entanto, reafirmo, continuou o velho, apesar desses momentos menos bons pelos quais passámos, nunca, repito, nunca faltou nada aos acionistas, sempre tiveram o melhor que essa empresa produziu, e aqui, para não sermos prolixos, podemos incluir o senhor, que sempre ocupou lugares de destaque, e quando não fosse possível beneficiá-lo diretamente fizemo-lo indiretamente promovendo alguém de sua intimidade... em resumo, quero desejar-lhe sucessos nessa nova empreitada, e ao mesmo tempo dar-lhe todo meu apoio, repito, tudo o que precisar de mim, estarei aqui, pronto para apoiá-lo no que bem entender.

Man Zé reconheceu sinceridade e humildade nas palavras do velho, que em verdade o fazia para proteger a prole, e de fato é isso que deve ser estimulado, do contrário repudiar todos que se dizem pais, mas esquecem seus deveres.

Em outro momento, Luvuile reiterou os seus feitos na empresa, e culpou parte de seus colaboradores como sendo os artífices da mediocridade dos momentos inglórios da FiA. *"Os aliados, que em primeiro momento parecem leais, logo, em detrimento do sucesso que se venha a ter, querem-no para si, e em seguida articulam artimanhas para destruir quem quer que seja, e quando não funciona desse jeito lutam para estar próximo do líder, não por lealdade, mas para defender seus interesses"*, disse o velho, que em seguida continuou, *"fingem estar do lado de quem os lidera, na verdade o que desejam é que o chefe permaneça no poder para perpetuarem suas fraudes, enquanto fingem que defendem o cargo de seu superior hierárquico"*.

Para Man Zé um dilema se tinha instalado, assumir a presidência da empresa sem o apoio da família Luvuile, que durante longos anos a administrou e mais ainda por deter quase 50 % das suas ações, estaria diante de um parto difícil, uma ruptura uterina, como diria o Dr. Hamilton.

— Afinal de contas, o que é que os senhores querem de mim? Questionou Man Zé, que desde cedo deixou claro que subira na vida não pelo que seu pai foi, mas por mérito próprio.

— A sua tarefa não será fácil, porém se figura como o único meio para salvarmos o nosso espólio, disse o cunhado.

— O que é que os senhores querem, ou pretendem de mim? Voltou a questionar José, demonstrando clara inocência nos assuntos dos quais julgamos ignorar por completo.

Nesse momento os olhares dos Luvuiles voltaram-se para José, pois sentiam que suas ideias estavam em desacordo com as de Londuimbali, e esse fato despertou a ira de alguns, que em abono da verdade já estavam alquimiados pela "prata", pois ao lépido olhar era visível que muitos tornaram-se ambiciosos, por isso sabemos que não teriam resistido se tentados por satanás atuariam como os mandantes de indivíduos forjados nas escolas de *Hassan ibn Sabbah.*

— Alguns terão que ser punidos pelas traficarias feitas na companhia, disse o velho, que em seguida continuou. — Muitas empresas foram criadas com fundos desviados da FiA, é preciso desapropriá-los, acrescentou o velho.

— Deixa-me ver se entendi, procuro as empresas que foram criadas com os fundos da companhia, denuncio algumas, as que não forem indiciadas serão aos olhos dos sócios, as lícitas, é isso? Questionou José.

— Tão claro como a água, apressou-se em responder o cunhado!

— Mas será que existe alguma empresa que fora criada sem os fundos da companhia?

— Existirão algumas, respondeu timidamente Fernanda.

— Mas então como posso tornar lícito algo que é ilícito? Voltou a questionar José, que agora começava a entender as reais intenções do grupo, e foi assim que chegou à conclusão, de que nunca conseguiria denunciar tudo e todos, pois não importaria quantos fossem incriminados, no final tais acusações seriam apenas referentes a uma pequena parte do conjunto rapinado, e o que não fosse imputado como crime tornar-se-ia lícito, então a maioria dos acusados de rapinadores sairia às ruas de cabeça erguida, não podendo nenhum fulano apontá-los o dedo como larápios, pois, a julgar pelo currículo de seus advogados, teriam suas penas reduzidas, e em pouco tempo estariam a papear em seus iates, regozijando-se por estarem entre os casacudos do país.

— Por favor, gostaria de conversar com o padrinho a sós, era como Man Zé tratava o tio.

De fato era seu padrinho e por conseguinte compadre e irmão de seu pai, o velho Caldas. Caldas introduziu o irmão aos mestres do Okavango, aprenderam o que de melhor se poderia conhecer no convívio com os mestres sábios, entretanto poderíamos considerá-los "rebeldes", pois, em alguns pontos, rebelaram-se... Seus mestres tinham clareza com relação à dedicação plena aos seus princípios, insistiam que ao juntar-se a uma mulher, uma só mulher, era necessário escolher aquela que entendesse que o casamento tem dois propósitos, procriar com limite, e servir-se um ao outro por algo maior, e nunca se preocupar com o culto ao convívio. Sobre o culto ao convívio entendemos que se referiam àqueles casais que acreditam que o amor está em andar de mãos dadas ou fazerem-se elogios desnecessários em público... tudo isso é importante, diziam, mas mais valoroso é focar em algo maior, insistiam, algo que os possa glorificar, algo que possa orgulhar seus descendentes, pois nunca um filho orgulhar-se-á por ter os pais campeões em andar de mãos dadas na rua, mas sim dirão para que todos ouçam, "os meus pais fizeram isso, construíram aquilo, inventaram aquilo, escreveram aquilo"... Assim ensinavam os ditos mestres.

O velho Luvuile acenou com a cabeça em sinal de que aceitava a sugestão feita por Man Zé, em seguida os filhos retiraram-se. Quando a porta se fechou, uma forte gargalhada substituiu o ar sombrio que a presença dos filhos impunha ao local.

— Meu filho, disse o velho Luvuile a Man Zé, permitindo que ele mergulhasse no seu abraço. — Tenho orgulho do que te tornaste, certamente o "kota" Caldas também o teria se ainda estivesse entre nós, mas sabes que ele levou longe demais a nossa rebeldia às leis do okavango. Saúdo-te por teres retirado do "kota" a melhor parte, pois hoje sei o quão mau pode ser o "abate desregrado", a própria natureza é muito vingativa! — Caro afilhado, como sabes não tive a mesma sorte... tenho vários filhos, mas nenhum conseguiu fazer o que realmente se exige de um varão, servir o exército de seu país. Juraste a bandeira do país, e, claro, isso moldou-te a personalidade, toda essa disciplina não pode ser aprendida apenas em casa. — Sabes que o meu primogênito, o teu primo, quando o coloquei na tropa fugiu de lá feito uma donzelinha... — Já não tem volta, é chegado o momento e o melhor é que as coisas estão a sair exatamente como planejei.

— E então, padrinho? Questionou Man Zé.

— Precisas por ordem nisso, falou o tio, sem deixar escapar um ténue sorriso.

— Vai ser doloroso, padrinho!

— Precisas por ordem nisso... — *Devem aprender que a vida é dura, e* às vezes *é necessário atravessar o deserto para encontrar o próximo poço de água, mas* até *lá precisa-se passar pelo tormento da sede*, disse o velho para aceno gestual do afilhado. — Estou prestes a partir, disse Luvuile, que em seguida continuou. — Alguns acionistas, esses sim, muitos deles larápios, têm o entendimento de que o "príncipe já não é o rei", mas a empresa, disse!

— Saiba que isso não passa de falácia, pois enquanto estiveres aí, és o "príncipe", e como tal todos devem-te lealdade e obediência... — Haja sempre como tal... — Caro José, essas foram as únicas palavras que o "kota" me passou quando assumi a direção da FiA, agora as devolvo, passo-as a ti, meu sobrinho.

Ao ouvir tais palavras, uma emenda caldiana visitou a mente de José. "*Sujeito rouba com jeito, por empregar alguns sujeitos parece um feito, mas é nauseante o jeito como é feito, admitindo-os pelas cores do rosto*". Pelos vistos, não tem jeito... concluiu em silêncio.

— Sim, respondeu Man Zé, que em seguida continuou. — Há outro problema que o padrinho não está a encarar com a devida seriedade, pois os que diríamos inimigos do senhor vilipendiaram a empresa, e todos em nome do senhor, e isso também é um dilema, sobretudo para os investidores estrangeiros, que veem no senhor o principal rosto para instabilidade comercial, planificam retirar suas ações da empresa, algo que levaria ao caos total, e mais que isso, alguns querem-no enclausurado.

— Tenho noção disso, meu filho, claro que na qualidade de responsável máximo, todas as culpas cairão sobre mim. Na verdade também me culpo, pois devia ter sido mais exigente e talvez o meu principal erro foi não ter abandonado a presidência da empresa há mais tempo, sobretudo quando fizemos aquele acordo milionário, que testemunhaste, e, mais ainda, conseguimos com esforço retirar de cena o Barbicacho, algo de louvar, pois com ele os produtos teimavam em chegar a todas as localidades desse país. — Claro, creio que esse tenha sido o meu melhor momento, já que o que veio a seguir, com as nossas ações a serem valorizadas na bolsa de valores, foram apenas consequências... — Não posso mudar o pretérito, enfim penso que não há outra saída para evitar uma catástrofe ainda maior, e quiçá termos que declarar falência...

— Padrinho, todas as possibilidades foram postas à mesa, e concordo quando diz que não existem muitas opções! — Ainda assim, penso que o padrinho não entende, pois esse será um processo lancinante.

— Claro que entendo, não me tomes por tolo.

— Será preciso fazer-se e muito bem-feito, não poderemos deixar ninguém de fora...

— Os meus esforços e dedicação apenas terão valor se tudo isso se transformar em benefícios, do contrário não terá valido nada, por isso faça, e já!

— A outra preocupação é com relação ao nome do padrinho, talvez com esse processo todo venha a cair em descrédito, falou com preocupação José.

— Tenho noção disso, no entanto facilmente percebo que esses parasitas só cairão se eu aparentemente tombar. Entretanto esquecem-se de algo importante, seus nomes nunca constarão da história, já o meu, uma questão de tempo, pois não é possível apagar os meus feitos nessa empresa!

— Entendo, disse Man Zé ao padrinho, embora algo triste.

Os minutos que se seguiram foram de despedidas... um abraço foi trocado, lágrimas quase foram presenciadas, pois sabiam que esse era o último enlace, depois disso muito trabalho havia por fazer, as acusações viriam, e era preciso ter estômago para travar as inúmeras frentes de "batalha" que acreditamos avizinharem-se.

Quando os filhos de Luvuile, primos de José, voltaram a entrar, o clima de entendimento entre padrinho e afilhado já tinha sido desfeito... souberam na hora que nenhum acordo havia sido firmado! Fernanda quase chorou, sabia que o fim dos "privilégios" havia chegado, e que coisas duras a aguardavam, já que era a mais visada da família...

Depois disso José abandonou o local... a família Luvuile tinha entrado em "parampas", todos, mas todos, abandonaram o local, soube-se apenas que naquele mesmo dia ligações começaram a ser feitas, e que tais chamadas foram para telemóveis de advogados e embaixadores...

Finalmente Man Zé passou a ser o mandante na empresa... No mesmo dia em que tomou posse teve noção da real dimensão dos estragos que haviam sido feitos... a grandiosidade era apenas aparente, estavam mais endividados que nunca, claro que também aguardavam pagamentos por parte da regência do país, nas chamadas dívidas públicas, mas isso não era suficiente para fazer face à dívida que tinham com a empresa asiática LXA, ou melhor Linxangola, distribuidora de material de construção. Para entender o tamanho da dívida, era necessário conhecer todo o processo ao pormenor, e foi assim que José teve plena noção da gravidade dos fatos...

A regência, habituada a ser a artífice de tudo, precisava atender a demanda por construções... no entanto, por ter os cofres desfalcados, recorreu à FiA, que também recorreu aos seus "credores" asiáticos... para a empresa, um negócio lucrativo, pois poderiam especular os preços, algo que lhes possibilitava pagar os empréstimos feitos à LXA, e ainda lograr como era de costume... Nesse período de glória, a empresa FiA faturou o que nenhuma outra em todo o mundo ganhou nos chamados anos de glória, algo que permitiu um desvio irracional dos exorbitantes lucros por parte do cerceado grupo societário... A exorbitância da soma justificava-se, e com razão, afinal naquela terra nada vinha de dentro... claro que tudo isso passava pela mente de Londuimbali, mas a ficha caiu realmente quando teve acesso à lista interminável da equipagem importada, que incluía o trabalho braçal asiático!

Os milhões por pagar eram a verdadeira dor de cabeça, era preciso começar a agir... O maior desalento sucedeu-se quando José teve acesso ao chamado *dossier* vermelho, aquele que todos temiam, pois, mesmo desconhecendo o conteúdo, causava cagaço... triste mesmo foi saber que durante a passagem de pastas de uma administração para outra esse *dossier* não fora mencionado. — Como pode!? Gritou espantado ao ver o conteúdo... O seu nome também estava entre os beneficiários das viagens que a "prata" fazia, a partida algo normal para um beneficiário dos créditos, no entanto era a numerária que assustava...

José leu com atenção toda documentação que tinha sido colocada a seu dispor, no final uma descrição despertou sua atenção, lia-se: em caso de incumprimento da dívida, os credores asiáticos passariam a proprietários da FiA. — Um absurdo! Gritou exclamando, e com razão... não se fazem acordos, diríamos promessas dessas, pois a FiA era a alma do país, era como entregar o país à LXA.

Aquele maldito acordo, digamos negrejado tráfico, estava realmente a importunar a nova gestão, em verdade um problema para o agora PCE... com os incumprimentos que passaram a ser frequentes, os credores estavam em tudo, palpitavam sobre todos, em verdade quase mandavam em tudo...

José lastimou, pois em seu entendimento acordos como os que tinha em mãos se pareciam com os supostamente realizados na foz do rio Zaire... comparação mesmo apenas com o tratado de Simulambuco, culminando com a integração dessa à Angola. Como antes, foram traídos, claro que foram, dando asas para o velho ditado *"Aquele que desconhece sua história está fadado ao fracasso".*

Diante dos fatos ora apresentados, Man Zé parecia desnorteado, era visto volta e meia perambulando de cima para baixo, sem rumo certo, situação que de fato entristecia qualquer alma vivente que chegou a encará-lo, e talvez por isso, e em função do tamanho do problema, se nos fosse solicitado algum conselho, tê-lo-íamos aconselhado a juntar todas as religiões e começar a rezar, dando primazia as que comprovassem serem de matriz puramente africana.

Num curto período, entrou o Calobife, com notícias confidenciadas vindas da próspera Cidade de Halavala.

— Senhor, um documento de extrema importância.

— Vamos, mostre!

O envelope continha o selo da secreta halavalense, algo que a priori impunha respeito a qualquer empresa. No interior um *"pendrive"*.

Rapidamente foi colocado no computador, dois cliques e uma pasta abriu-se, nela um documento, outro *click* foi feito, porém, para conhecer o conteúdo, exigia uma senha...

Man Zé coçou a cabeça, entretanto parece que de fato a providência divina andava do seu lado, seu telefone tocou na hora. — A senha, senhor.

— Quem fala?

— Isso importa?

— Não, claro!

— 1575.

Ao ver a senha, soube na hora que o conteúdo era precioso, pois os números remontavam à chegada de Paulo, com 100 mais 400, esses últimos certamente "cacimbados", e dispostos a defender o que lhes era pertencente por "aclamação divina".

Nunca se soube quem ligara a informar a senha, mas algo irrelevante, pois sabendo que a informação provinha da secreta halavalense, e talvez por isso, atrevemo-nos a concluir que vinha de algum "fantasma".

Caros leitores, nesse ponto talvez tenhamos que vos introduzir os conceitos de Halavala, pois a primeira vez que tivemos contato com tais princípios foram nas palavras do velho Mbassi, um sekulu halavalense considerado guardião do saber oculto, cujas raízes remontam o Antigo Egito, na altura, as revelações deixaram-nos estonteados, pois desconhecíamos as mudanças que têm estado a ocorrer no continente-berço...

Halavala, para além de ser uma ideia filosófica, é também uma espaço físico, com dimensões territoriais bem definidas, cujo sistema político é de uma pseudomonarquia, em que se mantém o simbolismo cultural, respeitando as autoridades tradicionais dos antigos reinos, com realce para o da toupeira[3], cuja rainha fora coroada recentemente. No entanto, administrativamente, Halavala é governada por um conjunto de "Sekulus", individualidades de comprovada sabedoria, eleitas democraticamente pelo povo, a partir dos 40 anos, e esses por sua vez elegem por maioria qualificada o Sekulu maior, que entre outras funções tem a nobre missão de nomear o F maior, o grau mais alto entre os fantasmas, que são individualidades, intitulados "fantasmas olheiros", escolhidos e nomeados por indicação de outro fantasma, em função do seu currículo, porém com elevado realce à sua conduta moral. Esses têm a elevada missão de garantir, identificar, doutrinar e capacitar cidadãos menos qualificados

---

[3] O termo Toupeira faz alusão a uma antiga denominação das populações que viviam na região que actualmente é conhecida como Mbalundu.

antes de serem considerados halavalenses, ou antes mesmo de serem convidados a viver na próspera cidade africana de Halavala, lá onde a miséria não habita, lá onde o filho é mais importante que o pecúlio do seu solo, lá onde todos estão "gordos", lá onde a religião é de matriz africana, lá onde não existem Mutcheles nem Caldas, lá onde a ideia do aborto inexiste, lá onde o corrupto inexiste, pois "para cada rato existe um gato", lá onde o mosquiteiro inexiste, pois o saneamento básico é uma prioridade absoluta, lá onde o empirismo é substituído pela evidência científica, lá onde a saúde não é oferecida em função do tamanho do bolso, lá onde a família está acima de qualquer bem material, lá onde em primeiro lugar promove-se a equidade e premia-se a meritocracia, enfim em Halavala nenhum descendente de africano é ádvena...

Man Zé abriu o misterioso arquivo. Uma pasta em áudio estava disponível, depois do primeiro *click*, foi possível ouvir a longa conversa...

Ao que passemos então a descrever o conteúdo do parlatório.

— Nosso povo é grandioso, nossa história monumental, nosso país, embora continental, passou a ser pequeno... — Precisamos transladar o nosso potencial, transferir parte do nosso povo para outro continente, e apenas um é fértil para a nossa cultura.

— Isso é impossível... os países são soberanos, os povos independentes, com seus hábitos e costumes, diferentes em cada região. — Não acho sensato que promovamos esse tipo de ações, que visa abandonar a terra que os viu nascer buscando o estrangeiro.

— Não seremos estrangeiros, uma vez que tais países serão nossos.

— Impossível!

— Não faria tal afirmação.

— Prova-me o contrário.

— No passado "eles" mercantiaram o seu povo, forçados ou não, alguns guerrilheiros tornados prisioneiros, é claro, o certo é que a maioria de seus reis "estivera lá"... — Eles são péssimos em escolher seus representantes, então por que os atuais fariam diferente?

Lin Xamento gargalhou ao ouvir tais pronunciamentos. — Logo vê-se que não existem limites para o equívoco, muito menos para falta de planificação, disse.

— Mas concorda que precisamos de espaço, certo?

— E acha legítimo que iniciemos um processo semelhante!? — O senhor desrespeita o nosso povo que trabalha e tem na disciplina a sua principal motivação.

— O senhor não entendeu.

— Então faça-me entender, caro Ca um Chi.

— Repito, se no passado agiram dessa forma, agora podem vender-nos a própria terra com o povo dentro...

Lin Xamento riu descontroladamente, "naquele riso típico de filme asiático", tentando entender como um absurdo desses poderia caber na cabeça de alguém.

— O senhor faz julgamentos precipitados, e o faz sem entender verdadeiramente o cerne da questão.

— Então faça-me entender, voltou a frisar.

— O que existe é propriedade territorial, por isso, se formos os donos, eles terão que trabalhar para nós, e depois serão os estrangeiros em suas supostas terras.

— Não houve na história da humanidade quem vendesse seu próprio país, existem, sim, relatos de pequenas ilhas ou pequenos territórios, cuja anexação fora feita por meio de algum acordo financeiro...

— Mas dessa vez faremos diferente.

— Seja mais explicito, senhor Ca um Chi.

— Eles são gananciosos, desunidos, invejam-se uns aos outros, são bípedes coléricos que se combatem, são sedentos por poder e status, e apenas aproximam-se dos outros por puro interesse, querem dinheiro ou produtos para reconstruir seus países...

— Sr. Ca um Chi, o que diz é paradoxo, pois não conheço nenhum ganancioso que quererá vender seu país, quando em muitos casos os solos são os mais ricos do "globo terrestre".

— Penso que o senhor Lin Xamento é que não está a entender o principal ponto. — Como disse, quase todos os países daquele continente estão destruídos devido às constantes guerras fratricidas, suas populações são miseráveis, seus regentes uma espécie de mendigos, não produzem nada, quase todos vivem de importação, os seus antigos colonizadores exploram esses pontos, e não os deixam desenvolver... E foi por esse motivo que no passado entendemos ser necessário apoiar o processo de descolonização, assim passos audaciosos foram iniciados em 1950, primeiro alinhamo-nos a algumas forças progressistas na ajuda ao continente-berço no processo de descolonização que mais tarde viria a acontecer. Muitos entraram em guerra, a maioria promovida pelos seus cultores... Fomos e temos sido pacientes, esperamos que se cansassem de matar uns aos outros, até conquistarem a paz por eles mesmos, e foi a partir daí que voltamos a atuar... — Eles precisariam reconstruir seu países, e a quem teriam que recorrer?

— Aos credores do Oeste.

— Não, senhor, por dois motivos, eles desconfiam dos europeus, pois já os colonizaram, e mais que isso acreditam que o Oeste não está preocupado com o seu desenvolvimento, pois exigem fiscalidade de tais empréstimos, no fundo uma forma indireta de continuar a governar! Dito isso, apenas restaríamos nós para os socorrer, e foi a parir daí que começamos também a olhar para os nossos próprios interesses... não questionaríamos a maneira como aplicariam seus empréstimos, contrariando toda prática do Oeste.

— Até aqui não vejo nenhum inconveniente.

— Eu também não, porém, tendo plena certeza de que teriam dificuldades em pagar suas dívidas, em todos os contratos previmos que aceitassem que empresas nossas fizessem parte do programa de reconstrução daquele país, prevendo uma espécie de negócio conosco...

— O senhor fala como se essas empresas fossem as representantes da regência daquele país.

— Claro, senhor, lá é assim, não existe um ou outro, todos são um!

— Entendo que o plano seja audacioso, mas não vejo ganho nenhum para o nosso povo, afinal emprestamos o dinheiro, perdoamos a dívida, oferecemos as nossas empresas para construir o país, e o único ganho que aparentemente teríamos seria que o nosso povo permanecesse naquele território pelo tempo que bem entendesse?

— Exatamente, mas é a partir daí que se foca toda estratégia: estando lá construiríamos pequenas cidades, algumas para a sociedade indígena, entretanto todo plano arquitetônico deverá estar em nossa posse. Depois construiremos outras unidades habitacionais, distantes dos centros urbanos, onde se encontra o generoso cidadão, aquele que praticamente lhe é negado todas as delícias do país, mas que como qualquer um busca por oportunidades, por melhores condições de vida, e nós iremos oferecer... Ver-nos-ão como seus salvadores, pois levaremos o progresso... Então, como consequência, serão serventes, cuidarão das questões domésticas dos nossos lares, aprenderão algum ofício, sempre tendo um dos nossos como seus mestres. — Nesse momento o senhor deve imaginar o que irá acontecer, certo?

— Não faço a mínima ideia.

— As mulheres quererão acasalar-se com o nosso povo, porque entenderão que somos sinônimo de progresso.

— Mas isso é absurdo!

— Não, senhor, seremos vistos como os transformadores do caos, aqueles que trouxeram o progresso ao continente e, melhor ainda, teremos nascido naquela terra, e poderemos reivindicar herança de algum antepassado africano.

— Mas essa sempre foi a pretensão do inverno.

— O inverno cometeu inúmeros erros, primeiro achavam-se superiores ao povo nativo, segundo não queriam se amalgamar, terceiro eram favoráveis ao servilismo, sobretudo as mulheres que abominavam as escuras, por uma razão aparentemente simples, *"se comparadas as chaparias, algumas apenas venceriam julgando o olhar pelos faróis frontais, mas perdem sempre, quando inevitavelmente o olhar é pelos retrovisores"*... um problema que não temos, pois não cultuamos o corpo.

Man Zé ficou perplexo com o conteúdo do áudio, pois tudo o que se dizia já estava em pleno vapor, pelo menos foi a impressão com que ficou ao visitar a cidade oriental na própria Kianda, e talvez por isso decidiu questionar Calobife, o rasta que para além de segurança praticamente era seu relações públicas, um evangélico calvinista... Buscou saber sobre sua opinião com relação à tão famosa cidade... Ao que então o Rasta respondeu-lhe:

— Sim, pelo que vimos e ouvimos está em pleno vapor... para que não restem dúvidas que seja o patrão a visitar a cidade na cidade de Luanda... e se alguém tiver dúvidas, que rastreie e verá... já que muitos são como São Tomé, acreditar apenas no que os olhos testemunharem. — Sim, falem com as funcionárias, procurem pela Antónia, Zinha, Canjili, apenas para citar algumas que praticamente vivem sob as leis ádvenas em território pátrio. — Constituição angolana!? — Isso aqui não tem valor, foi o que responderam quando questionadas. — Sim, o que existe são nativos indigente, "camareiras" de ádvenas para ascender de fasquia. — Sem leis trabalhistas nem hábitos cristãos. Respeitar o dia do senhor? Uma bobagem, "pleguixosos" dizem os expatriados negociantes... — Se eles mesmos não se respeitam nem se ajudam, por que motivo seremos nós a fazer? Argumentam os forasteiros! Não se respeita nada, pudera, se a regência não guarda o sábado, muito menos o domingo, por que um forasteiro respeitaria? — "Tlabalha, tlabalha, quais diletos? Pola", argumentam os patrões ádvenas, sempre que um "preguiçoso" angolano trabalhasse com a morosidade que eles acreditam ser uma caraterística dos autóctones.

— Quem diz esses absurdos? Questionou Man Zé.

— O ádvena, patrão.

Caros leitores, Calobife, o rasta, era um dos muitos trabalhadores que José encontrou na empresa, e era um daqueles funcionários "faz tudo", empregado de grande utilidade... aparentava humildade, mas na verdade invejava a vida dos patrões, e talvez com razão, pois é preciso muita brandura para aceitar a própria condição social... talvez por isso, sem saber dos motivos, às vezes encontrava-se a encarar os patrões e ficava colérico, pois facilmente lembrava-se da sua maldizente condição de vida... os gastos dos mandantes eram em seu entender supérfluos, o que fazia com que se imaginasse com todo o dinheiro dos patrões, certamente não gastaria em vinhos caros... de fato a sua rotina era lastimosa, pois todos os dias antes de encontrar-se com os patrões tinha que percorrer os mesmos locais... às 5 horas da manhã ao sair de casa cruzava com bêbados, depois tinha que suportar a saudação com abraço de gente do mais baixo estrato social, pois bem ao lado de sua casa havia o que diríamos um "alambique"... todos os que de lá saíam eram bêbados, pessoas empapuçadas, que todos os dias bebiam, mesmo sem dinheiro... de manhã, mas mesmo nas primeiras horas, pareciam contentes, abraçados cantavam... não só os homens, também havia mulheres, senhoras já sem futuro, muitas até tinham passado, mas o presente era aquela desgraça, tristeza maior era imaginar os filhos paridos por aquelas mães, mulheres indecorosas, cujo futuro que guardam para os filhos é certamente a miséria com que muitas vezes nos deparamos, crianças sem esperança, adultas pelo sofrimento, pois com os pais entorpecidos facilmente são desviados, atiçados por uma grandeza ilusória, sonham com uma vida igualmente ilusória estampada nos noticiários do alegado rico país, onde seus "repórteres" transparecem uma felicidade que inexiste... assim eram os vizinhos do rasta, que vivia dividido entre a pobreza e a burguesia... nos dias festivos, dos alambiques ouviam-se as ofensas mais abusivas que se poderiam proferir a outro ser humano, lutavam, magoavam-se, mas depois faziam as pazes... era norma, e por todos conhecida, viam-se os bêbados do bairro, trajados com camisetas timbradas com bandeiras de partidos políticos, os mesmos que se gladiaram sob o cano do fuzil... promoviam maratonas, queriam-nos em seus eventos, depois pagavam-lhes com bebidas, promoviam a troca do voto por bebidas... em síntese, eram os "vende votos", os ambulantes de votos, zungueiros de votos, tão culpados como quem os compra, pois não o fazem por comida no prato de seus filhos, mas para sustentar seus vícios, enfim é nessa classe espúria da sociedade que devemos colocar todos os que vendem os seus votos.

Passado esse breve momento, Man Zé voltou a concentrar-se no áudio, ficou atordoado com o conteúdo, no entanto considerou as revelações como meras distrações, pois sabia da filosofia do povo asiático *"respeitar para ser respeitado"*, então desconsiderou a importância do áudio. Por outro lado, sabia que era preciso ficar calmo, pois logo viajaria e teria a oportunidade de estar com altos representantes da regência daquele país asiático e com empresários que buscam por novos investimentos no continente-berço.

Tempos depois ficamos a saber que do outro lado do continente algo inusitado estava prestes a acontecer, a celebração do aniversário da república. O principal regente de Angola fora convidado, e com ele decidiu levar alguns empresários, uma oportunidade para voltar a pôr em prática os seus talentos de "lazarones". Man Zé na qualidade de presidente da maior empresa privada de seu país integrou a comitiva.

Antes da viagem, José estava ansioso, afinal era também uma oportunidade de se encontrar com os seus credores asiáticos e tentar renegociar sua dívida.

Sabedoria é preciso quando o encontro é feito com representantes de países de cultura milenar... O certo mesmo é que não se sabia exatamente em que condições as negociatas foram celebradas, afinal não era entre regentes, mas com pessoas singulares, empresários que muitas vezes eram inescrupulosos...

Em suma, era preciso reunir-se com pessoas que poderiam dar-lhe alguma segurança, tentou um contato telefônico com o padrinho, mas logo desistiu, pois, em seu entender, estaria a transmitir um ar de incompetência... pareceu-nos que no mundo existem pessoas sortudas, e Man Zé era uma dessas. Recebeu uma carta, e adivinhem de quem? De um "fantasma halavalense"! Confusão!? Nem pensar, mensagem divina, o conteúdo primordial, como a conseguiu? Nunca saberemos...

— Tenha cuidado, o mundo tem os seus perigos... muitos, para atrair sua atenção, pulverizam o ambiente com grandes quantidades de *Cloreto de etila*, o objetivo? Tornar-te menos racional, em estado quase torporoso, passada essa fase, uma bebida com sabor de chocolate pode ser servida, nessa outra substância é adicionada a *Teobromina*, o objetivo? Deixar-te com a sensação de teres assinado um grande contrato, porém cheio de armadilhas... Diante desses fatos, lia-se no diminuto papel, queremos recomendá-lo algo muito importante para o encontro que terá no país asiático, apele aos princípios do confucionismo, e com isso denunciar as pretensões de certos empresários que apenas veem o capital em detrimento do homem, o ser supremo, desrespeitando os princípios daquele povo, que é virtuoso.

As recomendações foram divinas, pois os conselhos foram seguidos na íntegra...

A DOENÇA DE JOSÉ

Durante o evento, sem que ninguém se apercebesse das reais intenções, Man Zé levantou uma placa, para espanto de seus pares, o mandatário do partido apercebeu-se do fato sem precedente... um dos poucos ousou levantar um cartaz diferente daqueles que previamente foram permitidos pela república.

Jen e *Li*, era o que se lia no diminuto panfleto.

Para sorte de José, o regente entendeu a mensagem, pois o mais alto princípio do confucionismo fora evocado, e ele não poderia ignorar.

Para que os nossos leitores entendam, o *Jen* significa humanidade, e não o é se não existir bondade, benevolência e acima de tudo piedade com relação aos desfavorecidos.

Esse gesto fez com que algo sem precedentes acontecesse, o regente voltou...

— Senhores, o *Jen* foi invocado em nosso congresso. Dito isso os milhares de asiáticos presentes curvaram-se numa prece quase maometana. Sim, o *Jen* está presente na cultura do povo, com exceção daqueles que pela natureza da sua alma são errantes.

Após alertar os seus concidadãos, um encontro entre Man Zé e o próprio substituto do maior líder revolucionário daquele país foi agendado.

Man Zé sabia que estava perante um *Junzi*, um ser humano "excelso" que apenas o era por entender o *Jen*, e, mais ainda, o *Li*, entendido como verdadeiro ritual ou religiosidade. Sim, o *Jen* e o *Li* estavam presentes naquele ser, e por isso a decisão de abordá-lo foi a mais sábia, pois sempre mostrara respeito pelas práticas tradicionais e pelos costumes de seu povo, baseado no respeito à família, afinal é exatamente isso que é humanidade.

Quando aquele *Junzi* teve acesso ao áudio, interceptado pelos "fantasmas" halavalenses, mandou imediatamente abortar o macabro plano, esclarecendo que essa não era a pretensão de seu governo... Em resumo, Man Zé estava menos pressionado, pois conseguiu também renegociar os termos da dívida por meio daquele Junzi, que só o era por carregar o *Jen* e *Li* combinados, humanidade e costumes, por isso sabia controlar suas ações, seus impulsos e desejos. Muitos argumentaram que também era um verdadeiro *Te*, um atributo que não nos pareceu exagerado, pois tinha um grande senso de poder pessoal.

Ao despedir-se de Man Zé, o próprio *Junzi* recomendou-o a buscar o *TAO*, por outras palavras, o caminho superior, a fonte de toda a vida, a harmonia superior do mundo.

CAPÍTULO VI

A visita ao país asiático tinha sido um enorme sucesso, a dívida fora renegociada, não anulada, claro, alguns acordos jamais poderiam ser desfeitos, mas dessa vez as exigências foram mais brandas, algumas passamos a citar: colocar na grelha da televisão pública informações permanentes sobre a Ásia, tal como fazem com o Ocidente; colocar em horário nobre novelas asiáticas, e por último deixar que os asiáticos desenvolvessem livremente o seu comércio em Angola.

Essas "pequenas" exigências foram aceites, e para Man Zé nada de mais, pois a julgar pelos estragos permanentes que foram feitos nos acordos anteriores, um alívio desses constituía uma grande vitória. O mais importante, os asiáticos estavam mais flexíveis... é sabido que uma cláusula absurda fora feita no acordo anterior, a própria empresa fora colocada como "garantia" para o caso de incumprimento das cláusulas acordadas! Em resumo, e em último caso, a empresa poderia ser confiscada! Evitar que uma calamidade viesse a acontecer estava em suas mãos, ganhara tempo, mas era hora de agir, por isso mesmo os sorrisos sem motivo teriam que ser deixados para o passado. No entanto, por agora podia relaxar, reunir forças para implementar as mais variadas reformas, os mais variados assuntos para livrar a empresa dos ditos rapinadores.

Como de costume, os grandes acontecimentos ele partilhava com os amigos... brindar a alegria e as grandes realizações. Geralmente um festim era realizado, e dessa vez não foi diferente. A casa da velha Fátima, sua mãe, foi o local escolhido, espaço aconchegante... O *cubico da velha* ficava no bairro São Paulo, próximo da famosa rua do Lobito. Condições não faltavam para festejar em uma das diferentes residências que José tinha espalhadas pela cidade de Luanda, entretanto teria de ser aí, pois a velha não aceitou mudar-se. Por nada desse mundo mudaria, argumentava dona Fátima... A velha gostava do local, guardava boas memórias, e, mais ainda, podia ver alguns amigos, que certamente traziam--na lembranças de felicidade...

O filho adorava a mãe, e como de costume quando se ama a mãe fazem-se as suas vontades, e isso deve ser respeitado, até mesmo se a vida lhe oferece uma megera como esposa, como aquelas que parecem competir com a mulher que suou, gritou, esperneou para que o filho viesse ao mundo... um problema que até então Man Zé não tinha, pois a doce Carol, sua esposa, amava igualmente a sogra, e a sogra também a amava. Estava decidido, o encontro com os amigos seria aí, no quintal da velha Fátima, sua mãe, essa que não temos muito a dizer, pois certamente era bela em sua juventude, mas agora era quase sempre encontrada pálida, magra e com um fácies de doente, embora conservava os traços primitivos de uma beleza remota que nunca se apaga... seu rosto deteriorava-se dia após dia por causa da degenerativa doença, embora em fase inicial, e só por isso passava grande parte do dia em seu quintal, recostada em sua poltrona habitual... para nós, não restam dúvidas sobre sua beleza de juventude, pois para chegar a ter um filho com o seletivo Caldas é porque de fato em algum momento de sua vida fora mais bela do que aparentava ser agora, mesmo que agora sua fama se baseava na hospitalidade que lhe era caraterística. Entretanto, sabia-se que era uma velha bondosa, criatura de tão grande coração, difícil de haver! Sempre com sorriso no olhar, e uma palavra amena para quem a visitasse. Os outros filhos, sete no total, desconhecemos o pai, mas sabemos que fora um sujeito bastante educado, de trato fácil, que chegou a essa longínqua terra vindo da cidade de Praia.

Sujeito alegre, de bem com a vida, e a vida de bem com ele, talvez por isso tratado por todos por "compadre", homem sóbrio, de poucas ambições, mas vaidoso nas coisas interiores... compadre para aqui e compadre para lá... Diz-se que o velho não buscava defeitos nas pessoas... mas que os filhos eram diferentes, isso não podemos negar, entretanto em algo se pareciam, tal como o pai eram festivos, não dispensavam uma boa farra, e, mais importante ainda, eram inteligentes, e por isso mais próximos da imodéstia...

Argumentou-se que o local fora escolhido apenas por causa da mãe, uma falácia, comentavam alguns, puro pretexto, pois a verdade é que Man Zé buscava reviver os tempos em que não era tão poderoso quanto agora, o tempo em que com apenas uma grade de cerveja e uns poucos "fios de grelhados" realizavam-se festas. O que começava como um pequeno convívio, logo passaria a uma festança, pois chegariam os "cambas", chegariam os vizinhos, os que tinham e os que não tinham dinheiro, alguns entravam apenas como animadores de conversa, diríamos os cômicos, aqueles que mesmo não tendo nada para contribuir queremos que se façam presentes, pois eram únicos, tinham uma alma contagiante, dançavam independentemente da qualidade do *Disco Joquer*, e eram danças "mundiais" não essas de hoje em dia, em que o rapaz fica parado e a moça mexe as padarias... Enfim, o quintal da velha Fátima era de fato famoso, e por isso mesmo queriam que as coisas permanecessem como antes... Afinal, os convívios se tinham transformado numa tradição familiar. Claro, como tudo, depois dos copos surgiam algumas faltas de respeito, algo natural, entretanto pelo convívio perdoava-se tudo, até mesmo os palavrões do tio Saviemba, esse que ainda nos lembramos do dia em que depois de uns "copitos" deu a resposta merecida à prima Enanga, sim, aquela prima que também falava de tudo, a mesma que punha a colher em tudo, até mesmo onde não era chamada. Naquele dia provocou a pessoa errada: o famoso Saviemba, todos os argumentos habituais de Enanga foram postos por terra, até os mais comuns e banais repetidos com frequência pelo estrogênio enfurecido, não superaram a resposta mortífera dada pelo tio Saviemba. Seu "mbaco", seu corno, seu chulo, seu mole, enfim todos os adjetivos possíveis que normalmente visam atentar contra a masculinidade. O curioso foi que o tio Saviemba desmontou-a com apenas uma frase: — *Se continuares a falar, ponho-te um espelho entre as pernas e revelo a todos o que vi!* Enanga calou-se ao ouvir tais palavras, tinham de fato caído como uma bomba, primeiro houve silêncio geral, depois uma gargalhada da multidão... Enanga chorou, naquele dia todos tiveram certeza de que os linguarudos guardam inúmeras fraquezas... foi aí que a fama de Enanga foi por água abaixo, pois por tudo e por nada dizia-se "— *Olha que, se continuares a falar, ponho-te um espelho entre as pernas e revelo a todos o que vi*". Em suma, águas passadas, o certo mesmo é que passados vários anos os novos casacudos ainda queriam reviver aqueles ambientes...

De fato nada era como antes, mas mesmo assim deu para reunir os amigos, já não era tão divertido como outrora, até porque muitos já não estavam entre as almas viventes, lembranças dos que partiram apenas pelas molduras penduradas na sala, que serviam de testemunhas de que as pessoas de que se falava existiram de fato... enfim, ainda era possível rir-se à vontade, rir à moda angolana, para Man Zé, algo bom, pois não foram poucas às vezes em que teve que fingir civilidade quando o assunto era em seu entender digno de uma gargalhada, como se diz por aí "cagar-se de rir". Naquele dia o ambiente era de fato festivo, ria--se, cantava-se com uma liberdade infantil que só vista, pois até o tio que mal gostava de cantar suas próprias músicas venceu a timidez e cantou não uma, mas duas, na terceira precisou da ajuda da irmã "corista", que de forma harmônica interpretava linda e docemente as músicas do irmão... enquanto uns cantavam outros faziam de seus assentos suas camas, e dormiam, houve até quem conseguisse ressonar... como em tudo, sem que houvesse uma programação para tal, os presentes dividiram-se em ilhotas, e quase havia de tudo, desde os que degustavam seu vinho pausadamente, até os que o faziam com "escândalos", no entanto alguns assuntos eram capazes de unir uma boa malta presente no local, sobretudo quando se falou de um fulano da Jamba Mineira, famoso por sua alegria contagiante e sua arrepiante teimosia quando estivesse com os "copos"... outro assunto que prendeu os que tinham firmado um compromisso com o vinho foram os protestos, embora entre risos, quando se tocou "a cabritinha" de um tal de Quim Barreiros.

Naquela noite, José dividiu com alguns amigos os últimos acontecimentos, e todos foram unânimes, era preciso fazer uma varredura nas contas "malparadas" dos então funcionários que delapidaram o patrimônio da empresa, pois era claro que se alguma coisa não fosse feita jamais recuperariam a soberania da companhia.

— Mas uma coisa tenho certeza, se conseguirmos que as pessoas devolvam o que tiraram da empresa, talvez consigamos pagar as dívidas nos prazos a que foram acordados.

— Não creio que as pessoas entreguem os seus ditos pertences de mão beijada, pois argumentarão que os conseguiram de forma legítima, pelos seus próprios esforços, mesmo que fazendo negócios e negociatas.

— Não, não estamos a inventar nada, sabemos quem são as pessoas que se apoderaram das riquezas da empresa, a única coisa que queremos é que as devolvam...

— O que foi retirado da empresa teve autorização de alguém, e para esses casos em particular creio que quem deve pagar é o responsável principal, que creio ser poderoso demais para ser "mexido", já que se alega que foi com ele que a empresa prosperou, e mais ainda os sócios são igualmente cúmplices, pois participaram do "banquete". Uma coisa te digo, caro amigo, disse um dos amigos, que em verdade não nos lembramos do nome, mas que pelo argumento diríamos que era um tipo invejoso. — Na gestão passada, não vimos magrinhos, todos vocês estavam gordinhos, até mesmo os faxineiros, disse o amigo, o mesmo que tinha a invídia aflorada.

— Novos tempos, e nós temos um rumo, sabemos aonde queremos chegar, onde pretendemos ir, "a vitória está do nosso lado"!

— Já ouvimos essa ladainha, disse um dos amigos de forma sorrateira.

Não tardou muito e os amigos despediram-se, cada um partiu para seus aposentos. A única certeza que tivemos é que chegaram bem em suas casas, apesar de terem saído da casa da velha Fátima quase cambaleantes de tantos copos no corpo, todos servidos pela Bibiana, a fiel empregada e companheira da velha Fátima.

Quanto à família de José, esses como de hábito abandonaram mais cedo o convívio, que em abono da verdade parecia mais um encontro de machos... Com relação a Man Zé, não podemos dizer o mesmo, pois para o bem ou para o mal foi surpreendido por um telefonema da própria Milocas, que anunciava estar em Luanda há quase uma semana, e que tinha o regresso para o dia seguinte... entretanto, o ligara porque pensou que conseguiria passar pela cidade sem avistá-lo, no entanto a volição a traiu, estava lúbrica, e queria vê-lo, mesmo que por escassos segundos.

Man Zé, atiçado pelos copos, não se importou com a hora tardia... eram duas horas da madrugada quando parou o seu opulento carro no famoso bairro da Maianga, em uma residência não muito distante do notável prédio do livro.

A moça mulher acenou da janela, entretanto o caricato aconteceu... a entrada na residência pertencente aos irmãos de Milocas, foi feita ao chamado "pé de gato", pois entrou em casa enquanto os donos dormiam... não tardou e já estava no quarto da rapariga.

Sozinho pensou, é hoje... Milocas voltou a olhá-lo como se o quisesse chamar de amador, no entanto dessa vez fê-lo de forma diferente. — Sei que o senhor pode, por isso, por favor, gostaria que terminássemos o que apenas começamos!

— Cá estou, disse o quarentão.

— Mas não aqui.

— Como queiras.

— Quero que seja em Calandula, disse a atrevida "catorzinha" e diríamos mesmo sem noção!

— Mas, mas, titubeava o quarentão.

Dessa vez Milocas o encarou como se o tentasse chamar de "velho", e isso Man **Zé** não admitiria, foi então que em poucos minutos orientou que seu helicóptero fosse colocado à disposição. Num instante saíram, e não tardou sobrevoavam as terras de Nzinga Mbandi... era o que Milocas desejava, seus olhos brilharam ao avistar Calandula, seu sorriso transbordou ao ver os 410 metros de extensão, e seus 105 metros de altura...

— São as segundas maiores de África, disse José à amante. — Até 1975 eram conhecidas como "Quedas do Duque de Bragança", acrescentou o cavalheiro.

— Sempre quis que a minha primeira vez fosse num lugar exótico, e agora a olhar para essa maravilha juro que não me aguento, falou Milocas, a moça mulher.

— Vamos descer, disse o piloto.

— Mas aí em baixo? Respondeu o patrão.

— Conheço o local, não se vão arrepender, acrescentou o piloto.

Não muito distante do local de "pouso das águas em queda", o helicóptero desceu até ao seu limite. José e Milocas desceram por uma escada de cordas.

Acreditem, a surpresa fora apenas para José, pois próximo do local de pouso avistaram uma gruta, que facilmente poderia abrigá-los... mais tarde ficamos a saber que ela também servia de local para os "rituais sagrados" do soba da localidade.

Milocas já tinha visitado o local, tendo na altura ficado deslumbrada com a experiência de ter o corpo molhado pela correnteza das águas do rio Lucala, que caiam a 105 metros de altura, no entanto, na altura, terá jurado não mais voltar a "escalar" aquele local, sobretudo passando por aqueles labirintos tortuosos com seus próprios pés.

— Vou procurar um local de pouso, disse o piloto, deixando os "amantes" num lugar que julgamos extremamente perigoso, sobretudo pelo horário, entretanto o roncar do motor e a luminosidade que aquele aparelho aéreo dava ao local tornava o espaço seguro, pois o barulho afugentava os possíveis animais que buscavam o aconchego da cascata, e o escuro era substituído pelos holofotes do potente aparelho voador.

Finalmente Milocas e José estavam a sós, e de fato era bonito vê-los, apesar de "prevaricadores", pois rejubilavam-se com o esplendor da natureza, e não se maravilhavam pelo miradouro como a maioria, aí era diferente, tinham os corpos umedecidos pelas "gotículas de água" das quedas, uma experiência que apenas poderia descrever quem lá esteve... enfim, tinha que ser aí, com o dia timidamente a aparecer, no local fazia um vento congelante, que trazia enormes gotas de água sobre seus corpos... aproximaram-se o máximo possível do local de pouso das águas... Não demorou muito, mas nos pareceu que a moça tinha todos os pormenores planeados... vagarosamente começou a desabotoar os botões do seu vestido, vestimenta de seda azul, que praticamente estava aderida ao corpo, permitindo que todas as curvas daquela moça mulher coubessem nas palmas de José... não tardou seu tronco nu estava exposto ao frio, depois estendeu o vestido sobre a pedra, escorregadia pelo musgo, e então o tudo começou a acontecer...

A DOENÇA DE JOSÉ

José olhou para aquele virgem corpo e soube na hora que a perfeição do físico estava no auge da juventude... enquanto isso, mantinha-se num silêncio sepulcral, pois sabia que a batalha já estava perdida, entretanto fez a coisa mais sensata, deixar tudo nas mãos da senhora... a moça absteve-se da linguagem verbal, optando pela gestual, ao estilo Mahindra, a comilona... pegou a mão do cavalheiro e conduziu-a lentamente em direção ao seu corpo, primeiro sobre os lábios, permitindo que fossem umedecidos com a lubricidade e aquosidade de sua boca, depois a mão iniciou sua fase descendente, alcançando o queixo e em seguida o pescoço, num instante já percorria os abacates, permitindo um lacônico repouso sobre os mamilos, esses que pareciam terem sido afiados na fábrica divina. Nesse mesmo instante, o quarentão que quase não se aguentava de tão "duro" tentou apertar as doces e sob medidas mamas, ao que teve que abortar o plano, depois de uma reprovação, percebida pela gesticulação com o abanar da cabeça em desaprovo, apesar de uma negação sensual. Não tardou e a mão do cavalheiro foi colocada a viajar sobre o reto e virgem abdômen, quando alcançou a zona púbica, percebeu que diminutos "pelos" faziam um caminho até lá... a milésimos de alcançá-los, o movimento descendente fora interrompido... sem largar a sua mão, a jovem projetou a tramela na boca dele, num trajeto que se iniciou no queixo, endoidecendo mais e mais o jovem quarentão. Enquanto isso o piloto que encontrara um local de pouso não muito distante do "crime", para manter o cenário adequadamente iluminado, estava ao ocorrente do que se estava a passar... não sabia se maldizia ou bem-dizia os binóculos que lhe punham a par de todos os acontecimentos...

A mão do quarentão foi colocada sobre as firmes e sedosas coxas de Milocas, agora o movimento era ascendente, de baixo para cima, do sul para o centro, da terra para o céu, e não tardou para o cavalheiro sentir umidade e viscosidade em seus dedos, com isso, quase se esquecera de respirar de tão estirado que estava, algo exacerbado pelo frio que fazia no local, entretanto ainda lembrou-se de outra emenda caldiana: *Em busca de margens, para o sexto signo astrológico do zodíaco, primeiro dedilhadas, antes da viagem, para ser perfeito e bem-feito.* Foi então que debaixo da diminuta proteção púbica, apalpou os opulentos lábios que mais se pareciam com pomos de suculentas tangerinas importadas do México...

— Conta-me o que os teus dedos vêm? Disse a doce e depravada jovem.

E foi num sorriso tênue de total alacridade que o jovem adulto respondeu. — Avisto *as pedras de Pungo Andongo*, sinto o Lucala a escorrer em meus dedos, e mais acima palpo o monte Luvili.

A moça gostou da descrição... — Adoro!, disse. Segundos depois, confessamos que não entendemos como é que se ajeitaram naquelas escorregadias pedras. O cavalheiro estava por baixo, enquanto isso sua tramela se mantinha naquele movimento de vai e vem, substituindo as dedilhadas por "linguaradas", permitindo assim que pequenas gotículas do Lucala escorressem diretamente para sua arcada dentária... Depois disso, nada poderia detê-los, pois foi sobre o canto dos pássaros, o som retumbante produzido pelas "quedas do rio", e sob o olhar atento do piloto que se encontrava a 105 metros de altura, que o jovem adulto introduziu a moleira, depois o tronco, mergulhando-os completamente sobre o Lucala... Um grito suspirante foi percebido pelo piloto do helicóptero, esse que ao ajeitar os binóculos apenas via movimentos que alternavam entre o céu e a terra, de quando em vez ouviam-se gritos femininos que se intrometiam no canto dos pássaros, precedidos de breves estalidos contráteis de seus dedos, que pareciam mortes instantâneas de alacridade, uma espécie de encontro com o criador, o júbilo em plenitude... era a moça que alcançava micro e múltiplos apogeus... Quanto ao cavalheiro, apenas palavras incompreensíveis, talvez compreendidas pelos aparentes devotos, que dizem comunicar-se em língua estranha com suas divindades.

O momento estendeu-se por quase 2 horas, e o final foi simbolizado pelo pleno "gozo", para o quarentão um rugido leonino, a moça um "chiado" serpentino, pois contorciam-se mais e mais... naquele momento estava anunciado, o apogeu simultâneo tinha acontecido.

Horas depois, enquanto os irmãos dormiam, Londuimbali deixou sua amante em casa, depois entrou em sua residência enquanto Carol dormitava. Uma loucura, admitamos, mas entendamos que a paixão nada tem de racional, apenas de imoral, e isso era o que exatamente estava a acontecer com José, "o pulsar das paixões".

Dois dias depois do regresso à China, e da reunião com os amigos, no quintal da velha Fátima, e do surreal reencontro com Milocas, Man Zé estava de volta à empresa, e a primeira medida foi dissolver todo o antigo conselho administrativo. Aí era a formalização do afastamento dos filhos do velho Luvuile, e a partir daí, as portas estavam abertas para iniciar uma auditoria a todas as contas da companhia.

A primeira a cair foi Fernanda... depois caíram outros e outros, outros e outros mais...

Entretanto, esse hábito de fazer cair muitos levantou um debate sem precedentes, pois os supostos larápios tinham o hábito de deixar cair algumas migalhas, e com isso até os "coletores de lixo" volta e meia conseguiam uma residência nas famosas cidades... Com o fecho das torneiras, a coisa tinha se agravado para muitos, então o pessoal da faxina começou a desencadear uma espécie de boicote sobre as atividades, nem mesmo o lixo tiravam... e foi a partir daí que a popularidade de José começou a baixar, suas medidas questionadas a todo momento, e, pior, José permaneceu com suas ações, pois acreditava que estava a ser justo, já que aparentemente castigava os larápios. No entanto, comentava-se que José esqueceu-se de que o larápio também tem sapiência e só por isso, enquanto rapina, deixa propositadamente que algumas migalhas caiam, por tal motivo não havia na administração passada tantos humanos ladeando os contentores... pois as migalhas caíam mesmo nos seus locais de trabalho, *em resumo uma forma que o ímprobo usa para o cabrito alimentar-se da relva que embeleza o seu jardim.*

Com o passar do tempo, muitos começaram a argumentar que Man Zé estava realmente vaidoso, e não era apenas com relação aos assuntos profissionais, pois com os passionais também havia mudado. Lembremos de que Man Zé era casado com Carol, a bela mulher com quem compartilhava a vida desde os seus 14 anos, casaram-se quando a moça completou 18, e há cerca de 30 anos estavam juntos, dos quais 25 anos casados. Admitamos que o período em que permaneceram distantes um do outro, fruto das constantes missões de trabalho a que a mulher estava envolvida, representando a FiA nos mais variados cantos do mundo, esfriaram um pouco a paixão que nutriam um pelo outro, e talvez por isso, podemos admitir, essa ausência terá contribuído para o comportamento Caldiano que agora José apresenta. De fato é verídico, *"a distância é um mau remédio para o coração"*.

Carol era a típica senhora angolana, sempre atenta aos pormenores da vida, cristã, vestia-se decentemente, de sensualidade única, pois mesmo com as vestes que ultrapassavam o joelho, ainda assim conseguia realçar suas doces e graciosas pernas, todas belamente afeiçoadas, suavemente flexíveis e delicadamente torneadas, que se evidenciavam mais e mais quando os graciosos vestidos estivessem aderidos ao corpo, em conclusão uma "dama" para orgulhar-se em todos os momentos da vida, como diria *Joyce*, nada tinha de *anti-mulher,* era de fato uma mulher, uma

A DOENÇA DE JOSÉ

dama sem malícia nos olhos, alguém que nunca se vangloriou pelo que tem, alguém que nunca recebeu malmente alguém, sempre docemente... de quando em vez era vista aparentando estar longe em seus pensamentos, talvez por isso era tida por muitos como a mais bela entre as mulheres, pois não se faziam avaliações sobre a sua aparência física, que praticamente era fato consumado, beleza essa que era fortemente realçada pela negrura de sua pele, e pelo olfato apurado, uma caraterística peculiar única, que não chegou a passar para sua prole, nem mesmo ao pequeno Restiny, seu filho. Sobre sua integridade, essa que a temos ou não a temos nunca fora questionada, e foi por isso que nem mesmo o esposo levou a sério a "fofoca" de que outros homens andavam a insinuar-se à esposa. Como todos, tinha alguns defeitos, um deles era estar pregada ao telefone, algo que irritava o marido, que mesmo chamando sua atenção sobre o fato, exacerbado quando a conversa embora "inocente" fosse tida com senhores... O marido irritava-se, mas no dia seguinte esquecia, pois levantar falsos testemunhos à esposa, que tinha como filosofia de vida levar a retidão ao extremo e nunca falta de modéstia... Era fato que Carol tinha o físico esbelto e gracioso, apesar de imaginar-
-se a caminhar para a fragilidade da vida, por isso inventava todos os argumentos possíveis para matricular-se em programa de atividade física... dizia que não queria chegar tão cedo para aquele momento da vida, o momento em que tudo é dorido, e que a cada dia uma dor nova surge... Era uma verdadeira dama, suas mãos eram delicadas, os dedos afilados e tão macios que deviam ser modelos para quem quisesse ser urologista. Ainda que fosse verdade que tinha as mãos tão sedosas por nunca ter "biculado" uma panela de funge de bombó, ainda assim José a escolheria como companheira para a vida, e, mais ainda, sua beleza revigorava quando se punha a instrumentalizar em seu piano todas as músicas de "André Mingas", uma preferência da velha Fátima... assim era Carol, de seus pais teve uma boa educa-

115

ção, apesar de herdar a "teimosia" da mãe, conservava os valores religiosos, acima dos pais apenas o amor pelo marido e o temor a Deus, pena mesmo é que Man Zé queria que ela o respeitasse mais, não que não o fizesse, mas que se igualasse às "mamãs" de antigamente, aquelas que viam no marido o maior símbolo de respeito e de grandeza, claro que esse tempo já não existe, mas Man Zé sonhava com tal façanha, e talvez por isso às vezes era encontrado triste...

Num belo dia, não muito distante da data de retorno da China, Man Zé, na sua calma habitual, aproximou-se da esposa, e sem rodeios disse:

— Estou apaixonado por Milocas, uma jovem que conheci no óbito do "velho", trocamos apenas um beijo inocente, mas desde então não passo um dia sem pensar nela. Estou apaixonado, e creio não mais ser capaz de mantê-la longe de mim, disse Man Zé a Carol, claro, escondendo detalhes pitorescos e libidinosos dos quais viveu com aquela Mutchele, que em tudo fazia lembrar Mahindra, o amor de seu pai, o velho Caldas.

Para seu espanto, Carol não fez escândalos... O silêncio dizia tudo, estava magoada e decepcionada... Com os olhos baixos, algo desgostosa... Conhecia seu marido, sempre acreditou que seu relacionamento seria para toda a vida, pois era um homem leal, alguém com quem se poderia contar para a vida toda, homem constante, homem de honra inflexível, porém uma coisa tinha bem patente, "quando estivesse decidido sobre algo, nada nem ninguém poderia pará-lo". Por isso mesmo, não teve outra opção... sabia como era, sabia que para tudo, apenas existiam dois remédios, o silêncio e o tempo... por instantes ficou silenciosa, com os olhos baixos, algo triste, pois desejou ser rude, mas algo a deteve. Decidiu calar-se, por uma questão de dignidade, seu lindo rosto murchou por instantes, mas logo ganhou fôlego e com um falso e tímido sorriso pronunciou-se nos seguintes termos:

— Se essa é a tua vontade, assim seja, desejo-te sorte! Disse Carol, que em seguida continuou. — Espero que essa senhora te respeite e te admire tal como eu!

José estremeceu ao ouvir tais palavras, pois sabia da importância de se ter uma mulher que o admirasse e o respeitasse... conseguiria conquistar isso em Milocas, 15 anos mais jovem? Um dilema que precisava ver para crer.

Man Zé estremeceu diante da resposta da esposa, apesar de não ter esperado reação diferente...

E, claro, reagiu, mas em seus aposentos, seu rosto agora estava pálido e desfeito... Naquele dia, despois de escutar o marido, optou pelo silêncio, retirou-se para os seus aposentos com apenas uma certeza, "para tudo era preciso dar tempo, pois esse é o guardião do futuro que é pertencente do Senhor", no entanto chorou o que nenhuma mulher jamais chorou, pranteou desalmadamente, arrependeu-se dos inúmeros sacrifícios que fizera pelo marido, e com razão... arrependeu-se das inúmeras vezes que serviu-lhe o jantar à cama, arrependeu-se das vezes em que interrompeu o trabalho para atender alguma necessidade do marido, arrependeu-se de lhe ter dado sua virgindade, arrependeu-se de o ter esperado quando esteve no exterior a estudar, arrependeu-se do nome que escolheu para o filho, "José Restiny Londuimbali Junior", arrependeu-se de o ajudar a tornar-se "grande", pois lhe pareceu que o aperfeiçoou para outra mulher...e com razão, já que podemos atestar que grande parte do que Man Zé viera a tornar-se foi de certa forma impulsionado por Carol, que desde o princípio do relacionamento buscou e estimulou-o ao seu melhor, e admitamos, nisso Carol foi fundamental, pois, apesar de Man Zé ser filho de Caldas, e ter estado na universidade, não fosse os esforços da esposa em corrigi-lo, buscando aperfeiçoar o seu vocabulário, hoje não seria esse José, que apenas pelo discurso reconhecia-se intelectualidade... Para Carol estava claro, estava a perder o amor de sua vida, e por isso a cada instante arrependia-se mais e mais ainda de não ter tido outras experiências amorosas... "Tudo deixai nas mãos do senhor", ouviu do seu íntimo, e foi então que compungiu-se das palavras proferidas há instantes, e por isso, como *Pauline Lumumba*, decidiu lutar pelo marido, pois acreditava que uma mulher que experimenta o amor de Man Zé, o filho de Caldas, não tinha razões nenhumas para viver com outro homem... e foi essa voz que ouviu... essas vozes que a todo instante nos acompanham, essas vozes que muitos acreditam serem proferidas por anjos, aos poucos ficou mais consolada...... Acreditou que seu marido apenas brincava, e que logo estaria de volta... enganou-se, pois dias depois quase enlouqueceu ao receber a carta escrita pelo punho do marido, cujo conteúdo partilhamos convosco, caros leitores;

Para o meu eterno amor, minha amada Carol.

Como declarei, estou apaixonado, e vou me casar... mas sabe, e confesso-te, apenas amo e amarei uma mulher na vida, tu!

Também sei que me amas, e por isso a todo instante arrependo-me do que te causei... penso em voltar, entretanto sei que de nada adiantaria, pois um pedido de perdão não mudaria o fato de ter traído a tua confiança, de me ter tornado uma pessoa desleal, infiel... caso porque sei que não mais teria coragem para olhar-te nos olhos, sabendo que fui desonroso, também caso porque não posso desonrar outra mulher...

Espero que me desejes felicidade, tal como desejo a ti, meu eterno amor, minha mulher, mulher de coração nobre... peço que continues a amar-me tal como sempre te amarei!

Um beijo do teu amor, Man Zé, o Londuimbali.

Essa carta praticamente acabaria com todas as esperanças em ter o seu amor de volta... embora se tratando apenas do casamento civil, já que felizmente a igreja há muito que tinha acabado com a "graça" dos caldas, ainda assim Carol não conseguia apagar a profunda mágoa que carregava no peito, e foi

A DOENÇA DE JOSÉ

então que decidiu afastar-se completamente de José, não foi só Carol que José perdeu, perdeu também a amizade do filho, o jovem Restiny, que desde então passou a viver como se não tivesse um pai para orientá-lo nas mais diversas situações da vida... caros leitores, algo podemos afirmar, de uma coisa temos certeza, Carol em nada se parecia com Carolina Neyala, a mulher que entregaria o esposo às tropas coloniais portuguesas, o rei transformado em escravo e deportado para Moçambique... com Carol as coisas seriam diferentes, distanciar-se-ia do marido, mas nunca desejou seu fracasso.

Não demorou muito tempo para que o casamento de Man Zé e Milocas fosse realizado, e pelo que viemos a saber chegou a ser cotado como o casório do século... e pudera, para a cerimônia, mais de cinco milhões de dólares foram gastos, e o que teoricamente seria uma alegria para os familiares tornou-se motivo para gargalhadas, muitos argumentaram que apenas um "idiota" gastaria tanto dinheiro em seu casamento, apesar de se ter alegado igualmente que os noivos não tiveram gasto algum, pois um dos indivíduos que rapinara na empresa ofereceu-se como padrinho e por conseguinte patrocinador do evento, um gesto entendido por alguns como sendo um disfarce para que Man Zé não o apertasse quando os auditores da empresa viessem bater na sua porta... Estava claro que Man Zé não participou dos preparativos da festa, pois, como nos referimos há instantes, o evento teve o seu padrinho patrocinador, por muitos tratado apenas de "maioral", esse que deu à noiva o direito de realizar a cerimônia como bem desejasse sem se importar com os custos... Como é do conhecimento de todos, Milocas era uma dessas Mutcheles modernas que se preocupava excessivamente com a sua exterioridade, então para a cerimônia exigiu tudo o que imaginara que poderia ser um casamento à sua altura... sim, exigiu tudo, até o absurdo reivindicou... que todas as convidadas estivessem de cabelo liso e comprido, e para isso garantiu um presente pré-nupcial... para as senhoras um tratamento em um salão de beleza indicado por ela, todas deviam aplicar cabelo liso importado da Índia, não queria o brasileiro, pois alegava que quanto mais "puro" melhor, e para tal fora necessário recorrer ao país da Ásia meridional. As convidadas aceitaram com agrado, pois, a julgar pelo preço da crina importada, recebê-lo de graça não seria nada mau, afinal facilmente poderia ser reutilizado ou revendido... Para os senhores exigiu que todos cortassem o cabelo ao estilo escovinha, e quando não fosse possível pintassem-no com tinta *super black*... esconder os cabelos "enrolados, vulgo repolhos" era o seu desejo. Proibiu que trajes ao estilo africano fossem utilizados no evento, pois, segundo a moça, descaracterizaria o acontecimento, idealizado como um casamento ao estilo europeu... apesar de a cerimônia ter sido realizada no asfalto, propriamente na marginal de Luanda, o local fora transfigurado completamente... parecia a entrada de um bosque onde a primeira impressão que se podia ter era de estar a entrar em uma fortaleza, que não a de São Miguel, mas a da "santa Milocas", local onde seria a cerimônia de conúbio... de fato estava esplendoroso, todos os móveis adornados com pétalas e jasmins, o brilho dourado e prateado estampado em todas os móveis... panos de cetim com relevo de flores douradas coloriam as mesas, nas cadeiras, laços com cores azul púrpura, e cantos envelopados destacavam-se... o teto fora espelhado intencio-nalmente, um recado à divindade, *hoje apenas nós*... "a terra está acima do céu", diversos lustres e luminárias de cristais venezianos espalhavam-se em todos os cantos. Sobre as mesas, castiçais divinamente ornamentados, todos talhados em ouro, guardana-pos de tecido linho com *ponto ajour*, celestialmente engomados, pratos prateados, todos de porcelana turca, que mais se pareciam com os espelhos *Mirox Premium*... O chão fora todo vidrado, por baixo dos transparentes vidros destacavam-se orquídeas perfu-madas de cor branca e rosadas, que davam a impressão de que as pessoas andavam sobre o "jardim do éden"... Para os noivos, um tapete vermelho importado diretamente da França, ao estilo francês *Aubusson*, destacava-se. Na parte de frente um altar fora construído, todos os móveis ornamentados em ouro, esculturas angelicais ladeavam o casal, parecia uma imagem do céu, pois viam-se figuras que traziam à memória o exército celestial. O bolo, esse que tal como o buquê são pertences da noiva, foi controverso, o principal requisito era que fosse da mesma altura que a moça, essa que andava nos seus 1 metro e 75 centímetros de altura, outro requisito não menos importante era que causasse às pessoas que o provassem a sensação de estarem a degustar um pedacinho da própria noiva. Esse último requisito, que a priori parecia impossível, foi resolvido quando um contato fora feito junto de uma projetista de bolos, nos Emirados Árabes Unidos... Ela resolveu a charada por um milhão de dólares, o bolo acabou sendo um autorretrato da nubente, assim, quando os convidados o provassem, cada um podia imaginar a sensação em conformidade com a parte do corpo de que o pedaço fora retirado. O bolo estava à vista de todos, colocado no centro, em uma nave especial, a chamada nave dos nectáreos.

Os drinks e as bebidas foram servidos por uma empresa italiana, cujo nome não tivemos acesso, entretanto apenas o melhor foi aceito para o evento... não houve quem reclamasse da qualidade dos vinhos, dos champanhes, da caipirinha feita pelo famoso mestre Francisco de Assis Fontes, essa que era servida em um bar criado especificamente para tal, apelidado de bar da Guedal... enfim, havia de tudo... os coquetéis eram servidos com pedaços de frutas, para tal as nacionais foram ignoradas, pois o abacaxi teve que vir da Itália, a laranja importada da Flórida, as uvas vieram de França, houve até quem insistisse que seus drinks estavam acompanhados de tâmaras tunisinas.

Com relação à noiva, em verdade diga-se, estava bonita, pois o vestido era desconcertantemente belo, com uma cauda enorme, um véu em renda plissada, branco nevado... era a dama mais linda da noite... Quanto ao noivo, nada a acrescentar, pois diríamos que estava igual aos outros noivos, vestido para a cerimônia de casamento... estava num estado de sei lá, pois era muito amigo da mãe, no entanto essa não aceitou participar do evento, pois para a dona Fátima o filho já se casara fazia tempo com a doce Carol. Essa condição de fato o entristecia, e diríamos com razão, afinal é sabido que um casamento dificilmente faz a felicidade de todos, mas se casar sem que a mãe esteja feliz talvez não adiante o esforço. Porém facilmente se podia perceber que apesar da ausência da mãe, como é obvio, tinha a agora esposa, e estava apaixonado, era o que interessava, então a cerimônia fazia todo sentido. A simplicidade de José, realçava a beleza da noiva e de fato é assim que deve ser, e não como aqueles pseudo-homens que a todo instante parecem disputar com a esposa sobre o tempo que cada um passa diante do espelho. Não tardou muito para a noiva aparecer, como dissemos há instantes, estava realmente linda. Não tinha o pai para conduzi-la até o altar, para com ela desfilar naquele tapete francês... o padrinho generoso fez a vez, enquanto caminhavam, olhavam-se, depois sorriam, e assim caminhava a noiva, de forma sensual, como se estivesse a oferecer-se para o adultério, pois toda testosterona local tinha os olhos naquelas ancas aderidas ao vestido, que talvez anunciassem a destruição do prematuro casamento... a noiva estava realmente alegre, lacrimejava enquanto andava, parecia uma "Denise" em seu casamento, as damas de companhia também estavam verdadeiramente trajadas, seus vestidos traziam os detalhes mais bem delineados nos tecidos de levantina e de cashmere, esse último com origens na região de Kashmir, no Himalaia. Depois chegou o momento verdadeiramente festivo...

Para animar o evento uma banda internacional fora convidada, e a esses uma lista com as músicas que podiam ser tocadas,

A DOENÇA DE JOSÉ

um DJ angolano fora igualmente convidado, de igual modo foi-lhe entregue uma lista sobre as músicas angolanas que deviam ser tocadas, no entanto uma recomendação foi-lhe dada, "nada de *sanzalice*", uma espécie de aviso, não tocar kuduro e suas variantes, algo que acabou por ser inútil, pois ao meio da festa todos gritavam por kuduro, gritavam-se os mais variados coros, ouviam-se hinos de todos os *Sebem´s*, era felicidade, era wakimono, era comboio, era wawera, até que o DJ angolano assumiu completamente o controle musical, a partir daí toda compostura ficou por terra, dando lugar ao que muitos chamariam de "senzala", a alegria contagiante espalhou-se por todos os cantos, primeiro foram as crianças, depois vieram as senhoras, as moças foram à loucura, e foi aí que vimos algumas perucas no chão... foi o fim... tudo o que se queria esconder veio ao de cima, pelo menos sobre aquelas que não optaram pela costura do tal cabelo indiano, saiu-lhes caro, pois alguns toques de kuduro não podem ser dados com cerimônia, e foi então que as *mapungas*, os *dondis*, algumas com pedaços de "mantas" começaram a aparecer, mas nem isso fora suficiente para acalmar a euforia das pessoas que se sentiam libertas depois do aprisionamento induzido pelas "malditas músicas finas"... os senhores entraram na festa quando os *Handangas* começaram a ser tocados, depois vieram as *Yolas*, com suas kizombas e tar-rachinhas, mas a completa loucura apareceu quando o DJ Frank Lupas, em jeito de recordação, decidiu tocar "comboio" do tam-bém DJ... foi o fim, era o roça-roça, o ginga-ginga, o mete-mete, o tira-tira, mais as meninas que "partiam as cinturas" num estilo a casal "Vicente", enquanto os homens mesmo a dançar pareciam petrificados. No final as pessoas estavam alegres, divertiam-se ao máximo, incluindo o noivo, e só por isso assumimos que a festa fora um sucesso, pois para medir o brilharete de um evento como esse devemos perguntar aos convidados, e esses foram unanimes, a festa "bateu", estavam alegres e radiosos, e o DJ se tinha superado, digno de aplausos frenéticos pelo estado de quase inebries a que colocou sua plateia... era o que respondiam quando questionados sobre o evento. A noiva também estava feliz, apesar de ter desaparecido da vista dos convidados por cerca de uma hora, mas nada que pudesse afetar o convívio, pois há muito que ela deixara de ser o centro das atenções, disputa mesmo fora entre a dança ao estilo kuduro, que revelava bailarinos que se não fosse aquele momento ninguém gastaria um "tostão" nas suas habilidades.

Esse evento levou-nos a conclusões muito particulares, *"para a felicidade, apenas o necessário"*, e por ser verdade as pessoas nem ligaram aos inúmeros adornos que justificam os 5 milhões de dólares gastos. Os africanos gostam de divertir-se, e para tal não importa se com pouco ou muito, bastava que houvesse comida, bebida e, o mais importante, a música da terra.

O evento durou três dias, e entendam que durante esse período, a marginal ficou fechada, pois o país tinha parado, não importavam as pessoas, importava apenas satisfazer as vaidades de Milocas, a Mutchele com parecenças da própria Mahindra, a comilona.

CAPÍTULO VII

Restiny sempre foi um rapaz quieto, nunca se ouviu que se tinha metido em grandes confusões durante a infância, vivia apenas para um dia tornar-se professor e médico, amava incondicionalmente a leitura, a literatura era o seu único passatempo, acreditava que em algum momento estaria pronto para partilhar seus conhecimentos com o mundo... Sempre foi uma criança amável e amada, amigo de seus amigos, nunca um adulto ousou criticá-lo, não por temor ou coisa parecida, mas simplesmente porque não havia motivos para o fazer... os adultos enchiam-no de elogios, sobretudo pelo respeito que tinha para com os mais velhos... reparos apenas com relação à sua intolerância para ralhetes, pois, mimado pela mãe, nunca conheceu uma reprovação, um fato que em nada atrapalhou sua vida, mas que poderia muito bem ter atrapalhado.

Como dissemos, o pai e a mãe estavam divorciados, afinal Man Zé casara com Milocas, filha de Mahindra...

Os anos passaram e não tardou muito chegou a adolescência, nesse período sua vida fora simples, nunca antes tinha saído de Angola para o exterior, pois a mãe passou a rejeitar quase tudo que vinha de Man Zé, seu pai. Suas férias eram passadas nas províncias do Huambo, onde aproveitava para visitar os familiares, mais os afetos à família materna, admitamos. Quando não fosse ao Huambo, ia a Benguela, mais concretamente o município do Lobito, hospedando-se no famoso bairro Compão, em casa da "tia Mariana", uma amante do irmão de sua mãe, essa que tudo fazia para agradar ao tio, com isso tratava o pequeno como se seu filho fosse, afinal não é de hoje que se sabe que *"um homem se conquista pela família"*. Essas idas e vindas para o Huambo, Benguela e de quando em vez a Malanje, nessa última, em que entre idas e vindas acabaria por ver Ginga, não a rainha dos angolanos, mas a que se tornou imperatriz de seu peito de adolescente, por pouquíssimas semanas, admitamos. Também foi naquela província que seu entusiasmo por conhecer as demais províncias diminuíra por longos anos, já que fora preso ainda adolescente, quando numa irracionalidade os adultos com os quais pretendia chegar à vizinha província da Lunda Norte tiveram uma atitude pouco racional, desrespeitando os agentes da ordem pública que faziam a guarda do controle de Xá-Muteba... Nesse dia, teve que passar longas horas trancado em uma cela de mais ou menos dois metros quadrados, sendo solto apenas por ser menor de idade, os adultos condenados pelo crime de desacato às autoridades, e libertos apenas duas semanas depois, sob pagamento de uma avultada multa. Desde aquela data, perdeu o encanto de conhecer as demais províncias.

Com as viagens ora interrompidas, focou unicamente nos estudos e nos livros, porém, sem que seus pares o entendessem, dava primazia aos assuntos referentes à filosofia, história da humanidade, antropologia, história das religiões, e mais intensamente à literatura, algo que deixava muita gente perplexa já que era um perfil pouco conhecido para quem buscava formar-se em enfermagem.

Quando completou 13 anos, iniciou sua formação no Instituto Médio de Saúde, a ideia era tornar-se técnico médio de enfermagem, vulgo enfermeiro não licenciado. Formou-se sem grandes problemas, pois sempre contou com o apoio de seus mestres, esses que sempre leais dividiam os seus conhecimentos. Como antes conheceu verdadeiros amigos, não obstante desejar que os de antes, como é o caso de Joca, estivessem nessa nova etapa de sua vida, mas, ainda assim, poderia orgulhar-se dos amigos que também tinham optado pela enfermagem... Para sua alegria, e para compensar a ausência dos amigos que gostaria que partilhassem a mesma carteira, Deus trouxe outros...

O dia em que o pequeno Restiny terminou o curso médio foi de grande alegria, uma cerimônia colegial fora realizada, estiveram todos os colegas e alguns amigos, até o pai que não via fazia algum tempo esteve presente, pese embora não o ter dado muita atenção, afinal lembremos de que sua mãe, dona Carol, o havia proibido de manter contato permanente com o pai... a cerimônia foi de grandes emoções, os agora técnicos de enfermagem tinham prestado seu juramento, *"estamos prontos a servir, seja lá onde for nós iremos, juramos cumprir com amor, sem distinção de tribo ou raça, nem nações"*. Os jovens garotos faziam os seus juramentos, alegres repetiam seu compromisso de cuidar dos enfermos por meio de palavras escritas pelo Professor Benvindo.

Nesse dia, o garoto, que com sua mãe se tinha mudado recentemente para a parte baixa da cidade de Luanda, decidiu visitar a igreja nossa Senhora dos Remédios, pois queria agradecer a Deus pela conquista, já que finalmente se tornara enfermeiro... Era novo no bairro, e não conhecia praticamente ninguém, mas a direção da igreja conhecia, por isso, não teve dificuldades em lá chegar. A igreja, simples e bonita, imponente pelas torres sineiras gêmeas e seus elementos decorativos em ferro puro, patrimônio nacional, construída há quase 400 anos... encantadora pelas frondosas palmeiras em seu pátio, tão belo quanto o seu interior, entretanto era o púlpito que mais se destacava, pois imagens celestiais reproduziam a calmaria que se tem no paraíso, algo amplamente reforçado pelos dizeres, um no ícone de São Pedro *"Tu es petrus et super hanc petram aedificabo eclesiam meam"* e outro no ícone de São Paulo *"Paulus vocatus apostolus Jesu Christi per Voluntatem Dei..."* naquele dia, nas cadeiras cimeiras, um grupo de adolescentes ensaiava belos cânticos do seu reportório, não se importando com isso, ocupou os primeiros assentos, contando da entrada principal e ajoelhou-se... escassos minutos se passaram e Restiny mantinha-se em oração... o momento fora interrompido quando o grupo coral deu início a um cântico frequente de ser ouvido na terra natal de sua mãe, Huambo, o mesmo cântico que sua mãe modulava quando o carregava ao colo... *tchossi tukuete tambula a Ñgala tambula...* Isso fez com que Restiny desistisse da oração e prestasse atenção aos integrantes do coro... era um coral de vinte vozes, mas apenas dez estavam presentes, coitada da assessora, que como regente esforçava-se para que os demais seguissem o seu ritmo... havia rapazes, em número muito reduzido, havia mais meninas, todas bonitas, todas bem amanhadas, todas com carinhas bonitinhas, a maioria transbordava inocência no olhar, até nas roupas, mais pareciam roupinhas vestidas por bonequinhas, Restiny olhou atentamente para aqueles rostos e ficou encantado, no final sabia que mesmo que passassem cem anos sem voltar a vê-los os reconheceria. Quando o relógio marcava 17 horas, com o entardecer a espreitar, lembrou-se de que precisava voltar para casa, pois sua mãe, preocupada como era, já estaria a ligar para céus, e o mundo à sua procura. No caminho de volta para casa, entristeceu-se, pois dos vários rostos que viu na igreja apenas conseguia lembrar de um, o da garota "magrinha", mas com tudo sob medida, que tinha os cabelos soltos beirando os ombros, uma garota negra de pele clara, essa que mesmo a cantar mexia-se e quase remexia mais que todas, quase sempre sorria também, aquele sorriso único, capaz de fazer esquecer todas as tristezas do mundo, algo que para Restiny soava como se estivesse a sorrir para ele, já que de quando em vez a garota virava-se para trás inocentemente, pois ao que viemos a saber nem sequer apercebeu-se da permanência de Restiny no local... Não tardou e o adolescente já subia as escadas do prédio, antes cumprimentou os novos vizinhos que tinham o hábito de fazer da entrada do edifício um mercado para bebidas alcoólicas... viu vários rostos, alguns normais, outros não tão normais assim, muitos com cara de "gregaria", até parecia que já se tinham entregue ao submundo... De fato a mãe o procurava, mas a preocupação ficou sanada quando o filho explicou os motivos da ausência... a mãe, como qualquer mãe saudável, alegrou-se, *"a igreja é a guardiã das almas puras"*, concluiu.

Não tardou e um grupo de colegas surgiu, queriam estender a comemoração em casa de um amigo, esse que já tinha o privilégio de desfrutar dos recém completados 18 anos, e desfrutar do privilégio de conduzir a pequena viatura de marca Honda, oferecida pelo pai... a mãe aceitou, pois a julgar pela data a celebração não devia ser impedida, ainda mais com o filho ajuizado que tinha. Os rapazes saíram, mas como tudo o que se conta à mãe quase sempre é uma meia-verdade, e com os recém-formados não foi diferente. A ideia não partiu de Restiny, mas o fato de ter concordado o torna cúmplice, foi então que decidiram por ir a uma "casa noturna".

— Mas não seremos "barrados"? Questionou Restiny.

— Esquece isso, quando souberem que temos dinheiro e virem o nosso carro até pedir-nos-ão para entrar, respondeu rindo o amigo cujos 18 anos completara recentemente.

Ao chegarem à dita casa noturna, dito e certo, os jovens entraram, sem sequer exibir bilhetes de identidade. Dentro, as coisas eram diferentes, dançava-se, gritava-se, fumava-se e bebia-se. Para Beato, o amigo que já completara os 18 anos, algo normal, pois, habituado a uma educação mais progressista, já frequentava o local, mas com Restiny era diferente, não diríamos que fora a primeira vez que entrara em uma "casa noturna", pois já na companhia de primos esteve em outras, principalmente durante as várias viagens que fizera à bela província do Huambo, Cave bar era o nome do local noturno na antiga nova Lisboa... por isso mesmo, de uma certeza tinha, não gostava do ambiente. Permaneceu longos períodos sentado, entretanto não se entediou, pois mesmo sentado o cenário era divertido, concluindo que também existia alegria quando olhamos para o divertimento dos outros, é uma espécie de divertimento em espelho, *se estão bem, também estejamos"*.

Por volta das quatro horas da madrugada os amigos decidiram abandonar o local e voltar para casa, entretanto Teresa Cristina, uma conhecida de Beato, abordou-os.

— Estou com as minhas amigas, será que poderiam dar-nos uma boleia até as nossas casas?

— Claro, os garotos não hesitaram.

As meninas eram em número de quatro, como couberam no diminuto assento traseiro não sabemos, mas foi quando elas já estavam no carro que Restiny apercebeu-se do inesperado, foi como se a omnipresença de Deus se revelasse naquele momento, de repente o escuro ficou iluminado, era como se a "morte" pelo cansaço desse lugar à vida, ao ver não acreditou, beliscou-se e era real... a garota da igreja estava entre as meninas que acabavam de adentrar no pequeno Honda.

Seu coração estremeceu, suas pupilas contraíram, seu sangue fervilhou... ignorou todas as outras...

— Como te chamas? Perguntou o recém-formado em enfermagem.

— Ana

— Ana!? Ana do quê?

— Bela, respondeu a garota.

— Que és bela é evidente, mas questiono seu outro nome.

— Isso mesmo, Anabela, acrescentou a garota, algo tímida, admitamos!

De fato, a Ana era bela, talvez por isso o nome, Anabela. Naquela noite, quase não houve espaço para que os outros falassem, afinal a bela, Anabela, não poupava cartuchos para pescar informações a respeito do recém-formado. Esse interesse aguçou-se mais quando Restiny disparou sua pretensão em ir além da enfermagem, pois já se tinha matriculado em um curso preparatório para ingressar na prestigiada Faculdade de Medicina da Universidade Agostinho Neto, e mais tarde vir a tornar-se médico. Essa última revelação alegrou sobre medida a também adolescente Anabela, que parecia ficar mais bela de tão bela que era a bela Anabela a cada revelação do garoto. As palavras de Restiny magnetizam a adolescente, as outras, ensonadas, pouco ou nada o prestavam atenção, mas com a bela Anabela era diferente, afinal em poucos minutos conversavam o impensável para os adolescentes que se tinham conhecido há poucos instantes... falavam de coisas aborrecíveis para os outros, mas sublimes para si, houve até tempo para resumirem as historinhas contidas em Drácula e em Frankenstein... falaram dos desafios que se enfrentam quando se é estudante, falaram dos professores que se vangloriavam do mau desempenho de seus alunos em suas disciplinas, falaram dos "engarrafamentos", até das longas horas que permaneciam nas paragens aguardando por um táxi... o melhor mesmo foi quando o garoto retribuiu a pergunta referente ao que a garota fazia em seus tempos livres, tendo ela disparado o essencial... gosto de cantar, não falto em um único ensaio na igreja, algo que respondeu de forma tímida, pois acreditava que o garoto a pudesse julgar pela negativa, afinal não se costuma esperar que garotas pertencentes ao coro religioso estivessem fora de casa às quatro horas da madrugada, e, mais ainda, vindo de uma discoteca. Para seu espanto, Restiny quase ignorou a informação, atendo-se apenas à revelação da garota com relação a outra qualidade que se referia ao gosto por línguas estrangeiras, com destaque para o francês e o inglês, e, mais ainda, seu gosto em tocar piano... ao ouvir isso, Restiny quase não se conteve, imaginou os graciosos dias em que sua mãe instrumentava as belas músicas de André Mingas em seu piano.

— O que gostas de tocar? Perguntou o garoto.

— Sou fã de Beethoven, sou apaixonada pela Nona Sinfonia... não passo um dia sequer sem tocar em meu pequeno piano o Hino da alegria, respondeu a bela Anabela, que continuou acrescentando que quando estivesse triste buscava refúgio na poesia, e de preferência se escrita por poetas angolanos, como é o caso de Alexandre Dáskalos, António Fonseca, António Panguila, António Jacinto, todos com identidade iniciada em "A", que não os três AAA para muitos impuros, mas "a" que simbolizavam cultura, conhecimento, bondade, como o "a" de amor... falou ainda de Costa Andrade, também conhecido como Ndunduma Wé Lépi, que nascido no Lépi, localidade do Huambo, dedicou parte da sua existência a escrever poemas, com destaque para "Poesia com armas".

Restiny ficou admirado com o repertório poético da nova amiga, tendo questionado sobre o seu interesse em outros estilos literários, ao que em resposta a adolescente ficou por Paulo Campos, em E o rio Kwanza criou a mulher, Agualusa, em Nação Crioula, Manuel Rui Monteiro, em Quem me dera ser onda, e pelo enigmático Artur Carlos Maurício Pestana dos Santos, de pseudônimo "Pepetela", em Mayombe, e foi nesse último que os amigos prenderam-se num inebriante riso, ao lembrarem de Ondina e Sem Medo. Não parando por aí, as gargalhadas estenderam-se mais ainda quando o jovem enfermeiro lembrou do também enfermeiro Uanhenga Xitu, com seu hilariante personagem "Tamoda", em os Discursos do Mestre Tamoda.

Não tardou e já tinham chegado ao local de residência das adolescentes. Para confirmar o interesse que um teve pelo outro, embora que inocente em um primeiro momento, testemunhou-se a troca de números telefônicos.

Os garotos despediram-se das garotas, todas alegres, porém nenhuma superava o regalo da bela Anabela, afinal em seu interior julgou encontrar um garoto que, embora o tivesse visto pela primeira vez em um local noturno, diferenciava-se dos demais, já que por um lado os mancebos em sua paróquia aparentavam ser perfeitos demais, no entanto faltava-lhes a mundividência que acreditava estar fora da igreja, e com Restiny as coisas pareciam diferentes, pois aparentava ter a cosmovisão que buscava nos garotos de sua paróquia, e, mais ainda, suas palavras eram doces, suas ideias eram agradáveis, seus planos convidativos... já se tinha formado em enfermagem, por isso bom cuidador, e pretendia formar-se em medicina, por isso bom curador, e, mais ainda, falava de assuntos diversos, por isso bom entendedor... No final, despediram-se com saudades, parecendo que já se tinham conhecido há vários anos, estavam magnetizados, queriam ouvir--se mais, apesar de parecerem embriagados de sono.

Os dias que se seguiram foram de longas conversas ao telefone entre os amigos recém-conhecidos. As semanas subsequentes foram de encontros presenciais, conheceram onde cada um vivia, permaneciam longas horas juntos, os amigos, tanto de um como de outro, já se mostravam aborrecidos, pois não atavam nem desatavam, apesar de o garoto ter declarado seu amor, a garota permanecia no muro, ou melhor, não dizia nem sim, nem não.

Oficialmente não namoravam, mas parecia que requestavam, saíam, divertiam-se os dois, com exceção dos passeios noturnos, em que para serem efetivados a garota levava consigo uma amiga, quase sempre a mesma, que, para sermos justos, em uma das ocasiões praticamente sufocaram o bolso do rapaz, esse que não tendo dinheiro suficiente preferiu recusar o jantar no caríssimo restaurante da ilha de Luanda, dando primazia às garotas, pois sem que soubessem ou sequer imaginassem os trocados do garoto não passavam dos cem dólares, valor que na altura suportava apenas duas refeições e as respetivas bebidas. Nesse dia, o garoto ficou apenas no suco de pera, entretanto, para seu asar, a bebida despejou, ficando ele apenas a olhar, faminto enquanto as garotas comiam e riam das delícias do momento. Aqui cabe ressaltar que as garotas se mostraram disponíveis em dividir as despesas, mas, talvez não vos tenhamos revelado, Restiny guardara na memória um dos ensinamentos de seu avô *"com as garotas, esteja sempre no comando"*, e foi seguindo esse princípio que assumiu o comando financeiro das despesas daquela noite.

Passado algum tempo, ficaram sem se ver, pois Restiny permaneceu um tempinho distante, cerca de 30 dias na província do Huambo, terra de sua mãe, como já nos referimos há instantes. Nesse período, a saudade de ambos duplicou, e foi aí que a garota se deu conta de que também não se aguentava de saudades do amigo, e quando voltou das férias não mais queria largá-lo, praticamente ofereceu-se a ele, pois, ao completar 19 anos, deu-lhe tudo, até o que apenas dá-se uma vez, sim, deu, aquilo que perde-se para nunca mais se encontrar, enfim se foi a sua inocência... Naquele dia, entrelaçaram suas raízes, e sabiam que mesmo não sendo casados estavam juntos, e a *aparente distância era apenas como ramos que se distanciam do seu tronco, mas que no fundo sabem que não podem viver sem que estejam ligados a ele...*

No dia em que se seguiu a entrega do sagrado feminino, a já não virgem Anabela prometeu não mais olhar para o até então amigo Restiny, o motivo era óbvio... o rapaz não telefonara para a garota, que havia se doado de corpo e alma... nem mesmo para saber como tinha chegado à casa, tampouco para conhecer como se sentia depois da primeira experiência... Para a bela Anabela, as coisas estavam confusas, afinal, mesmo sabendo que no passado Restiny a havia pedido em namoro, tudo aconteceu muito naturalmente, sem planificação ou, melhor, sem um pedido formal para que as coisas evoluíssem até o ápice. Para o garoto, pouco habituado às formalidades das núpcias, desconhecia a importância do que chamaríamos de ritual do dia seguinte...

Passaram-se exatos dois dias quando Restiny achou que seria o momento certo para ligar para a garota, pois, em seu entender, era preciso dar algum tempo para que ela se recompusesse, e se sentisse à vontade para falar do que tinha acontecido entre eles,

A DOENÇA DE JOSÉ

e de uma vez por todas assumirem para o mundo que finalmente estavam a namorar. Para seu espanto, ao ligar, foi-lhe desligado o telefone "na cara", sem tempo sequer para dizer um olá, deixando-o completamente desnorteado, algo que se agravou quando decidiu procurar pessoalmente a sua amada... ouviu formalmente que nunca mais voltasse a procurá-la.

— Não quero ouvir falar de ti, nunca mais, disse a jovem enraivecida.

Restiny saiu da casa da sua amada destroçado, sem saber dos motivos, entretanto no fundo carregava consigo uma dúvida que acompanha todos que têm seus corações destroçados... naquele momento, embora em seus pensamentos, insultou as mulheres com palavras que nem julgava saber que existissem, em suas reflexões xingou a bela Anabela de tudo quanto eram adjetivos, "desalmada, malandra, imunda, vagabunda", tendo concluído que ela apenas brincara com os seus sentimentos, passando-se por divertida. E foi aí que, como quem não quer nada, a sua vida começou a sair dos carris, começou a perder o gosto pelo gosto das coisas, dizia que não via sentido em viver uma vida sem a bela Anabela, essa que em seus pensamentos passara de bondosa à malvada, como dissemos há instantes... E de fato é nesse período que satanás vem ao nosso encontro com uma ideia mirabolante... ai de ti se aceitares, foi essa voz que Restiny ouviu do alto, sugerindo que fizesse, e foi feito, a mão de Ninguém, no famoso bairro da baixa de Luanda, sobre o olhar de sua mãe que, mergulhada na amargura imposta pela nova escolha do marido, e sobre o olhar distante do pai, que se aproveitava do fato de a mãe o ter proibido de visitá-lo, também praticamente havia baixado a guarda do rapaz, que Restiny recebeu o primeiro desenho, era uma carinha minúscula... foram apenas cinco minutos para que o garoto esquecesse todas as tristezas, até da garota que o enlouquecera esqueceu, pelo contrário teve uma sensação de estar a subir para os céus, até seu santo preferido, o Santo Padre

Pio, encontrou, sentiu que voava para todos os cantos do mundo, sentiu-se um pássaro fora da gaiola, todo cansaço desapareceu de seu corpo, toda tristeza tinha esquecido, não havia horizonte, o limite de sua visão foi o anil do céu transparente, sentiu-se como se estivesse a flutuar sobre o azul do mar sobreposto por luzes cintilantes ecoadas pelo brilho do sol, sentiu também o perfume da brisa do mar, em seus ouvidos cantos cristalinos e divinos o chamavam, *vem que tudo é teu, vem que tudo é nosso*, alucinava o rapaz enquanto esboçava um sorriso divinal... depois viu a bela Anabela de braços abertos, tão bela e tão deslumbrante que só comparada a *Frineia*, com poder e altivez que amentavam *Cleópatra* em seus dias de glória, ela o chamava... beijaram-se enquanto sobrevoavam num tapete "Aladino" o deserto do Namibe com suas Welwitschias, com isso seu sorriso transformava-se, vivenciava o esplendor da luxúria e da lascívia... E foi assim que a vida do garoto mudara completamente, entregou-se sem hesitar, sem resistir, desde então sua felicidade passou a depender dos "milagrosos" aditivos. O garoto maravilhou-se logo na primeira experiência, tinha concluído que aí estava sua alacridade, pois o que sentiu era maior que a "plenitude" que pela primeira vez teve ao estar com a bela Anabela, confessaria tempos depois.

Naquele dia dormiu bem, nem mesmo a insônia habitual, iniciada desde que a sua amada o abandonou, teve, por isso concluiu: para que preciso dela se existe algo mil vezes mais belo que aquilo que guarda entre montes e montanhas? Restiny vivia sonhando, queria esquecer a realidade, pois não queria que a realidade se transformasse em sonhos, mas o sonho transformado em realidade, afinal, ajudado pelas milagrosas "carinhas", podia viver em seu sonho todas as realizações que a realidade teimava em lhe dar.

Para que possamos entender o comportamento de Restiny, precisamos assimilar todo o processo pregresso, pois é conveniente perceber que nada pode ser justificado unicamente no presente, tudo e todos estamos conectados com o passado, e esse passado não se restringe a nós, é amplo, e envolve todos os que estão ao nosso redor... e isso aplica-se tanto para as coisas boas como para as ruins. Afinal, o jovem Restiny passava por momentos probatórios...

A separação teve um impacto notório na vida da dona Carol, mãe de Restiny, que quase chegou a fazer uso de bebidas alcoólicas... muito por causa de uma nova amiga, Catarina Nanquiri, senhora com gosto acurado pela cerveja... Nanquiri era o tipo de amiga que na verdade não se sabe se é para bem-dizer ou não, pois, se de um lado oferecia companhia, também insinuava que a bebida era o caminho mais fácil para se esquecer dos problemas... em abono da verdade, Nanquiri era uma pessoa desprezível, pois ao mesmo tempo cultuava a Deus e ao mundo, e era evidente que amava mais as coisas materiais, e não seria exagero se disséssemos que fingia santidade apenas para corromper algumas almas puras... Sobre Catarina Nanquiri é justo informar que era uma tipa que tinha o paladar refinado para saborear o líquido cujo objetivo era alquimiar a "voz da consciência", e talvez por isso terá conseguido arrancar um filhos de um tipo que apenas valia pelo sobrenome que herdou da família materna... O convívio com essa amiga motivou certas distrações por parte de Carol, pois, por mais que amasse o filho, já não poderia estar completamente disponível para prestar a devida atenção às suas mudanças comportamentais, sobretudo às noites, que passaram a ser rotina, estar na companhia de Nanquiri, que tinha por hábito beber em casa de Carol, apesar de ela desaprovar o consumo de bebidas espirituosas.

— A primeira vez que coloquei álcool na minha boca foi quando cheguei à casa e deparei-me com um copo de vinho que estava sob a mesa, tinha sido deixado pela amiga de minha mãe, pois ao que tudo indicava adormeceu enquanto bebia... bebi e não tive nenhum problema com isso, então concluí que a bebida não me causa mal algum... confessaria certa vez ao médico psiquiatra...

Apesar da separação dos pais, Restiny sempre teve de tudo, não lhe faltou absolutamente nada, sobretudo o mais importante, amor... nunca experimentou uma escola pública, sempre teve um motorista que o levasse à escola, com exceção de algumas poucas ocasiões em que o *chauffeur* se atrasava, e com isso, por truculência, decidia voltar à casa de táxi, vulgo candongueiro, na companhia dos colegas. Foi naquela escola, projetada para a classe alta, onde supostamente teria melhores oportunidades de ir para a Europa e depois voltar e dirigir os que no país estudaram, aí aprendeu e meteu-se em más companhias.

Os vizinhos notaram que o miúdo que era asseado passou a importar-se menos com a aparência física, estava quase sempre inquieto, tagarelava constantemente, parecia algo emagrecido, seus olhos estavam quase sempre avermelhados, e com olheiras, coisa pouco usual para alguém que poderíamos arriscar ser beato na igreja... para sua mãe, justificou que buscava desapegar-se do materialismo, não via graça no "consumismo" da sociedade, as músicas de que gostava começou a deixar para trás, agora só dava ouvidos a Bob Marley, uma transformação e tanto, mas para sua mãe nada tinha mudado... O garoto passava parte do dia na escola, e quando voltava não se ausentava de casa, o máximo que se distanciava era para outro prédio, cujos amigos, até mesmo os pais, dona Carol conhecia.

Uma vez ouviu-se que Restiny e os amigos haviam roubado e agredido uma senhora que passava na vizinhança, algo que entristeceu sua mãe, levando-a, pela primeira vez, dar-lhe uma reprimenda física, algo que motivou uma mudança de comportamento tanto do agora jovem...

Aqui, caros leitores, vale lembrar que Restiny desistiu do seu sonho pela medicina, pois alegava que não via sentido algum em estudar tanto para cuidar dos outros, para ele fazia mais sentido formar-se para que outros cuidassem dele, por isso mesmo decidiu entrar em uma instituição nova no país, que prometia, entre outras coisas, formação local apenas no primeiro ano letivo, e os subsequentes complementados no exterior do país, com as propinas proporcionais à importância da nação no mundo, ao que o jovem escolhera um país nórdico, o pacote mais caro... Pudera, o pai podia pagar! Naquele mesmo período, a jovem Anabela buscou aproximar-se do rapaz, declarando-se arrependida mesmo sem culpa... essa atitude de Anabela, embora aplaudida por muitos, fora ao mesmo tempo questionada por outros, sobretudo pelos pais que já não viam futuro algum naquele relacionamento, afinal o garoto vivia oscilando entre o real e o imaginário, entre a lucidez e a embriaguez, e ficava apenas na promessa de mudança... mesmo assim, atavam e reatavam o namoro, aquela paixão alimentada por um passado revelado no primeiro encontro que tiveram, trocaram na altura as mais belas palavras que dois jovens promissores poderiam conhecer...

Caros leitores, testemunhamos que de fato a garota esforçou-se para estar junto do rapaz, mesmo que nas condições mais espúrias possíveis, e talvez por isso, mesmo que contrariando a paixão que um nutria pelo outro, concordamos com a atitude do pai da jovem Anabela, de mandá-la para o exterior do país... *Ser pai é isso mesmo, é olhar, é velar, é vigiar, é orientar, e de quando em vez é contrariar, pois se não o fizerdes, vereis vossos filhos a desperdiçarem os talentos pelos quais vieram ao mundo, muitos deles atropelados por gananciosos que apenas buscam o lucro, sem se importarem com o sofrimento que suas ações causarão aos outros.*

Depois da reprimenda que a mãe deu ao filho, agora passavam mais tempo juntos... Nanquiri passou a segundo plano, Restiny foi proibido de chegar perto das espirituosas substâncias...

Foi por volta dos 17 anos que Restiny começou a ingerir os seus primeiros copinhos de vinho, todos colocados em uma lata de Coca-Cola... uma altura em que o seu *sistema cerebral inibitório* ainda não se tinha desenvolvido por completo, e isso viria a ter repercussões futuras, pois desde cedo o seu normal funcionamento cerebral já se estava alterando...

E assim foi, primeiro foi o vinho, depois passou para a cerveja, depois para a vodka, e junto ao primeiro *trago de liamba*, no final chegou o momento em que nem mesmo ele podia ajudar-se, pois para tal apenas amparo externo.

Dona Carol endoideceu quando, ao revirar as calças do filho, viu vestígios de um pó que mais tarde chegou a confirmar--se que se tratava do pó de cannabis, nesse dia a senhora ficou possessa, quase matou o jovem de tanto espancá-lo, porém teve que abrandar quando o filho, em lágrimas, disse que pela primeira vez comprou mas sequer chegou a usar, por medo, algo que levou dona Carol a desculpar-se do filho, e a presenteá-lo com um novo *Playstation*, esse que o filho viria a vender meses depois, alegando que, como dissera, teve que oferecer, pois nada queria com coisas materiais.

Não se passou muito tempo e o filho, que parecia ser o mais obediente de todos, passou a ser agressivo, não chegava a bater, mas se tornou pouco cortês com as palavras, obedecer a mãe só em troca de algum favor monetário... todos os dias, depois da escola, tinha uma atividade para ir, local para estar, sempre argumentando que estaria com os amigos, algo que nas palavras de dona Carol estaria nas justificativas das más notas na escola, pois nesse ano não transitara de classe, condicionando a sua ida ao exterior do país. Na altura o garoto disse que não gostava da escola, pois havia um professor que não o tratava com estima, por isso mesmo exigiu que fosse mudado de escola.

A mãe, habituada a fazer o que o filho desejava, aceitou, porém foi nessa escola que o óbvio aconteceu... foram chamados às pressas, pois o filho estava preso em uma unidade penitenciária, o motivo, agressão ao professor...

O jovem permaneceu encarcerado por sete dias e sete noites, e só não continuou por mais tempo pela influência de que dispunham os pais na sociedade. Esse episódio nefasto enfureceu Man Zé, porém nada podia fazer, temia que sua ex-esposa o culpasse por ter abandonado a família, já que quase não os visitava, então deixou por isso mesmo, fingindo que concordava que o filho estaria a ser vítima de perseguição por parte dos professores.

A permanência na cadeia levou o jovem a refletir sobre os seus atos, e foi isso que o levou a convocar os pais, e abrir o jogo em lágrima.

— Peço desculpas por fazer-vos passar por essas provações todas, entretanto também sofro como vocês...

Os pais estavam admirados, pois o jovem, que parecia um menino, já não mais se portava como tal, pelo contrário tinha uma altivez que nem mesmo o pai imaginava, falava sem medo, até parecia que ele era o pai, mesmo sob lágrimas.

— Faço uso de "estupefacientes", disse o jovem sem rodeios.

Os pais ficaram atônitos, sem saber o que falar, nem mesmo entender o que isso significava direito. — Faço uso de drogas, rematou o rapaz, dando lugar a uma escuridão de silêncio, e depois continuou. — Nesse momento, precisei usar droga para falar convosco, acrescentou o jovem, visivelmente "cacimbado".

Dona Carol quase desmaiou, Man Zé levou as mãos à cabeça, só então teve consciência como nunca do estrago que causou à própria família.

— Não consigo controlar isso, é mais forte que eu, e esse bairro em que vocês vieram me trazer não ajuda, vende-se drogas em todo lugar... para ter acesso apenas tenho que descer, pois em cada esquina pelo menos 10 pessoas diferentes vendem para nós, disse o jovem, que em seguida continuou. — Preciso da vossa ajuda, não consigo fazer isso sozinho!

Os pais entraram em pânico, não sabiam se ficavam com raiva do miúdo mesmo sabendo que não adiantava, já que clamava por ajuda. Dona Carol projetou-se para o filho e abraçou-o fortemente...

— Estou aqui meu filho, e sempre estarei, mas, por favor, filho, não me abandones também, sabes que és tudo o que me resta...

De fato, foi um momento comovente, pela primeira vez em oito anos a família voltou a reunir-se... Nesse dia não dormiram, Man Zé passou a noite ali, planearam todas as possibilidades para ajudar o filho, e foi com tristeza que constataram que o país, embora com o crescente número de toxicodependentes, não dispunha de um local decente para internamento e recuperação de pessoas que padeciam de tais males. Falou-se, é claro, de uma instituição vocacionada para tal, mas logo desconsideraram como uma possibilidade de ajudarem o filho, pois o testemunho que tiveram de outras pessoas que contataram não foi nada agradável. Em suma, a vida promissora que se vislumbrava para o garoto não passara de mera ilusão, pois agora encontrava-se em desgraça, sem esperança, apesar de uma infância boa e alegre, mas o presente tenebroso, e o futuro duvidoso e, nos atrevemos a dizer, indecoroso.

Naquele mesmo dia decidiram que viajariam para a vizinha África do Sul, pois as informações foram boas, já que Milocas alegava conhecer alguém que cuidava diretamente desses casos. No princípio, dona Carol mostrou-se relutante, pois nunca, nem mesmo em pensamento, desejou dirigir uma palavra a Milocas, mas, enfim, o momento obrigava, e pelo filho fazia até o impossível. Entretanto, o filho, que a priori pedia ajuda dos pais, agora se mostrava indisponível para deixar o país, argumentou que queria estar junto dos pais, pois se sentia protegido tendo-os ao lado. José teve que intervir, e foi aí que chamou a responsabilidade para si, mas antes pediu que a mãe os deixasse a sós.

A DOENÇA DE JOSÉ

— Meu filho, começou por dizer o pai... nunca foi o que sonhei, nunca desejei viver longe de vocês, reconheço, agi como um tolo, um egoísta que se rendeu aos mais elementares desejos da carne em detrimento de sua família. Falhei como homem, falho agora como pai, pois a mais sublime responsabilidade de um homem é cuidar de sua família. — É tudo minha culpa, assumo, mas te peço, meu filho, sê homem, age como homem, pois o sangue de um grande homem corre em teus vasos, o sangue de um Caldas também corre em tuas veias. — Meu filho, voltou a dizer o pai, agora com lágrimas nos olhos, pois como ninguém entendia a gravidade da situação. — Não seja como eu, derrotado pelo mais primitivo dos desejos... ao menos sê como o teu avô, esteja no controle, e não permita que um vício tão imundo corrompa a tua alma, suplico-te, peço que olhes para o sofrimento que causamos à tua mãe, o que lhe fiz poderá superar, mas a desgraça e a vergonha de ter o único filho metido em drogas irá consumi-la e arruiná-la para sempre... — Lute, meu filho, seja aquele que irá devolver à sua mãe a dignidade e o brilho dos olhos.

Naquele instante, Restiny olhou para a mãe que estava junto à janela, e pela primeira vez viu que já caminhava para a velhice, pois os raios luminosos que incidiram sobre seu rosto denunciaram que em sua testa já moravam precoces rugas, algumas da idade, outras de preocupação.

— Faz por ela o que já não posso fazer... que esse seja o teu novo propósito de vida, ser maior que eu, teu pai, aí, sim, um dia poderás com orgulho dizer: "*fiz o que meu pai não pode fazer*", entendes?

Restiny voltou a olhar para a mãe, que tinha os olhos esgazeados de tanta tristeza, e soube na hora que sua desgraça seria também a de sua mãe, então aceitou tratar-se, não pelo pai, mas pela mãe que em verdade era tudo o que lhe restava.

No dia seguinte, o garoto tinha sido internado e deixado em uma clínica de recuperação para toxicodependentes... Dona Carol ficou arrasada, pois não estava acostumada a permanecer por

143

muito tempo longe do filho... agora, pela "primeira vez", não sabia por quanto tempo ficaria distante do filho, pior, nem adiantava permanecer na cidade, pois, segundo as regras do local, visitas eram proibidas, contato mesmo apenas por telefonemas, curtos e autorizados pela equipa médica.

Dois meses se tinham passado, e já dona Carol evitava ligar para saber do filho, pois sempre que o fazia a gestora do espaço aproveitava para pedir mais e mais dinheiro... primeiro argumentava que precisavam comprar medicamentos especiais, e por isso teriam que ser importados de outro país, dizendo sempre que houve um avanço na ciência, e que nos ditos países os toxicodependentes praticamente abandonavam o vício, apenas por ingerirem os famosos fármacos milagrosos, falácia, na verdade aquela instituição transformara-se numa máquina de fazer dinheiro, ou melhor de roubar dinheiro dos já agastados familiares... Os meses foram passando, os dinheiros sempre enviados, porém nada de melhora efetiva do rapaz, apenas promessas... mais um ou dois meses e o menino será considerado "limpo", argumentava a porta-voz da instituição.

Num belo dia, enquanto dona Carol remexia em suas plantas, recebeu uma chamada de um número desconhecido...

— Mãe! Estou no aeroporto, por favor, venha buscar-me.

Carol não teve dúvidas de que se tratava do filho... incrédula, mesmo assim questionou:

— Quem fala?

— Sou eu, Restiny, respondeu o filho do outro lado da linha.

Estava claro, o rapaz estava de volta, tinha regressado a Luanda, e com plena consciência de que poderia contar com a mãe, não obstante nos atrevemos a imaginar que bem no fundo gostaria que a bela Anabela, a garota que nunca esqueceu, o fosse buscar no aeroporto, pois eram imaginações dessas que inundavam sua mente enquanto permaneceu naquela instituição...

Aquele telefone encheu dona Carol de alegria, e não tardou foi ao encontro do filho...

A mãe foi buscá-lo, mesmo sem saber como é que o garoto chegou, já que um contrato tinha sido feito com a clínica que supostamente era idônea... quando chegou ao aeroporto viu o filho, e foi suficiente, radiou de satisfação, enfim quase morreu de alegria, correu ao seu encontro, e depois projetou-se nos braços do filho...

— Querida mãe, disse o rapaz olhando para a mãe com ternura e profundo afeto que apenas se tem pela pessoa que nos trouxe ao mundo... foi um momento sublime, pois a mãe olhou para o filho com um sorriso de franca satisfação.

Enfim, o filho tinha voltado, e era o que importava. No aeroporto alegrou-se, pois ele parecia outro... o seu aspecto tinha mudado, ganhara peso, de fato era outro, muito sorridente... foram para casa, a mãe escusou-se de tocar no assunto, pois pareceu-lhe óbvio, o filho se tinha recuperado, e aparentava... era o que importava!

Ao chegarem à casa, algo estranho aconteceu, o garoto mal repousou o esqueleto, mal tomou um banho, e já decidiu ver os amigos.

— Estou com saudade dos meus amigos, comentou, ao que em seguida continuou, faz tempo que não os vejo, acrescentou.

— Estão todos por aí, como sabes nada mudou, continuam os mesmos... descansa, pois poderás vê-los amanhã com mais calma, argumentou pacientemente a mãe.

— Que amanhã o que, respondeu o jovem com uma voz arrogante, como se tentando dizer quero vê-los e os verei, a senhora não manda em mim. De fato, fez aquela voz usada no quartel. O comandante disse, cumpra-se, uma voz que talvez sempre esteve em seu subconsciente, concluiu a mãe, que teve que ceder, pois o pai mal os avistou teve que os abandonar alegando uma reunião importante.

Restiny saiu, e para espanto da mãe não demorou, foi como se tivesse ido e voltado no mesmo instante, entretanto, ao voltar enfiou-se no seu quarto e de lá saiu apenas no dia seguinte quando sua mãe foi acordá-lo.

Caros leitores, agora que Restiny está de volta, cabe fazer uma retrospectiva... como dissemos, primeiro foi a bebida, depois a maconha, mas depois passou a experimentar outras substâncias e não sabemos como, mas agora conhecia de tudo, eram as anfetaminas, também conhecidas como as cápsulas do sucesso, experimentou o êxtase, a que chamavam pó, a mesma usada por muitos no "encontro" com meninas, justificando que aumentava a sensação de prazer... nós vamos às nuvens, descrevem os usuários... Agora também conhecia a cocaína, essa que, claro, vem da "planta" lá das Américas, inala-se e já está, é na hora... entretanto, o difícil é quando faltava o dinheiro, *crack* era a opção, pois os amigos mais indigentes conseguiam também, é uma espécie de cocaína suja, ou melhor os restos de cocaína combinada a bicarbonato de sódio, e talvez foi essa que o teria deixado viciado, agora voltado ao próximo "momento". Entenda-se, caros leitores, o jovem Restiny acaba de voltar de um processo de recuperação, entretanto, ao que tudo indica, a ânsia pelas drogas não conseguiu abandonar, não obstante parecer controlar melhor o seu impulso...

Com o garoto em casa, dona Carol não encontrou outra solução senão custear os vícios do filho, esse que praticamente já não os escondia de ninguém. Para a mãe, um alívio, pois com essa atitude evitava que o filho fosse procurar dinheiro sabe-se lá onde e como... em casa um vocabulário totalmente desconhecido por dona Carol começou a ser usado, eram nomes como: lança-perfume, vidro de bico, LSD, e tantos outros cuja memória escapa-nos... de fato os garotos já não eram garotos, via-se sofrimento no olhar daquelas almas, que buscavam prazer para esquecer o tormento... um prazer que explicavam como enigmático, sentimento que ninguém mais poderia experimentar, argumentavam, vemos o que ninguém mais pode ver, continuavam, ouvimos o que ninguém mais pode ouvir, falavam, sentimos o gosto das cores, insistiam, chegamos a viajar até conhecer o Deus que vocês adoram... enquanto falavam riam-se, Restiny e o amigo que o visitara em casa, dando espaço para que dona Carol tomasse liberdade para inquirir os jovens... Nesse mesmo dia, soube-se que Anabela, estava de volta ao país, já formada, é claro, mas que ligara para pedir permissão para visitar o amigo que fazia anos que não via, ao que dona Carol concordara, entretanto fê-lo sem avisar ao filho, imaginando uma possibilidade de forçá-lo a abandonar o vício...

Tin ton, ouviu-se o barulhar da campainha, ao que Restiny levantou-se rapidamente para abrir. Incrédulo, não pode acreditar no que viu...

Era a bela Anabela, mais linda que nunca, estava ali, na sua porta, quatro anos depois... essa visão foi suficiente para levá-lo a arrepender-se por não ter lutado o suficiente pelo amor de sua vida, soube na hora que devia ter insistido mais, enfim é como se diz por aí, "*a felicidade muitas vezes está diante de nós, mas passamos ao seu lado sem a ver, sem a olhar, sem a reconhecer, pois estamos cegos", enfim tocamo-la, mas não a agarramos!* O garoto não resistiu, primeiro começou a lagrimar, depois não sabemos por que cargas de água decidiu fugir, e foi nesse instante que, ao virar-se, bateu com a cabeça no diminuto armário que ficava a escassos metros da porta de entrada... O jovem caiu, estendido no chão, perdeu os sentidos... não tinha tato, pois aparentava não sentir, não tinha audição, pois não reagia à sonoridade, não tinha visão, pois não viu sua mãe, pior, poderíamos dar a nossa mão ao fogo ao afirmarmos que não tinha olfato, afinal era impossível resistir ao aroma daquele *Salvatore Ferragamo* usado pela bela Anabela.

O que houve ali foi o sexto sentido feminino, as mulheres foram categóricas, *"ele vai ficar bem"*, concluíram por pura fé.

No hospital, aventou-se a hipótese de uma lesão cerebral traumática, responsável pelo que chamaram de amnesia retrógrada...

O que parecia simples tornou-se complexo, a alegria de ter rapidamente acordado fora também rapidamente esquecida, os que pensavam que o jovem brincava ficaram apavorados com as declarações do médico...

— O caso é grave, disse o neurologista que atendia pelo nome de Fernando. — A pancada foi forte tendo motivado que ele se esquecesse do próprio passado, ou seja, quase tudo o que conheceu ou aprendeu antes desse fatídico acontecimento não é capaz de lembrar.

— Como!? Indagou com espanto dona Carol, mãe do jovem Restiny.

— Sim, minha senhora, o que ele tem é o que chamamos de amnesia retrógrada, ou melhor, ele é capaz de lembrar apenas das coisas ocorridas depois do evento traumático, uma situação pouco habitual, mas que pode muito bem ocorrer depois de um trauma que envolva o crânio e, por conseguinte, o cérebro.

— E é grave!? Perguntou com espanto a jovem Anabela, que não arredou o pé do hospital desde o fatídico acontecimento, afinal já se tinham passado 48 horas... dois dias desacordado, e que agora, ao retornar à luz, apenas lembranças de fatos recentes.

O garoto esquecera até mesmo da mãe, e só aceitou depois de o mostrarem fotografias.

— E a moça quem é!? Perguntou dirigindo-se à bela Anabela.

— Sou tua namorada, respondeu no impulso a jovem, embora de forma introvertida.

Aqui, caros leitores, não podemos afirmar que as palavras proferidas pela jovem tenham trazido algum conforto ao jovem, pois em verdade não sabemos ao certo se Restiny era capaz de destrinçar a diferença entre mãe e namorada.

Em outro momento, depois de se ter pedido que os familiares o deixassem para descansar, foi a vez de inquirir o médico neurologista. Foram feitas todas as perguntas possíveis, porém não faltaram as mais frequentes, as mais repetidas, e diríamos até as mais objetivas... Queriam saber se a situação era grave, ou se ele ficaria assim para sempre...

Dona Carol ficou atordoada com as notícias que recebeu do médico neurologista...

Muitas, por sinal, e de uma só vez... poucas certezas, porém muitas incertezas...

— Não sabemos por quanto tempo ficará assim, disse o Dr. Fernando.

— Tomara que fique muito tempo, disse a mãe no desespero.

Ao ouvir o quase sussurro da mãe, o médico ficou perplexo inicialmente, mas logo entendeu, pois dona Carol o contou todos os problemas que passava com o filho, esse que praticamente encontrava-se perdido e baratinado nas drogas.

— O quero vivo, mas, por favor, doutor, não o tragas daquele jeito, que só Deus sabe pelo que tenho passado.

— Tudo faremos para que seu filho melhore, disse o neurologista, que em seguida continuou, o que estiver ao nosso alcance para trazer sua memória de volta será feito.

— Só não o tragas daquele jeito, pois sou mãe, e terei toda paciência do mundo para ensiná-lo todas as coisas boas que esse universo tem para lhe oferecer.

Para o médico, um dilema se tinha criado, trazer o jovem de volta à realidade, com o risco de lembrar-se de tudo, e com isso reviver tudo. De fato um dilema, aliviar a dor da mãe, que pelas palavras sabia-se que estava desesperada, ou trazer as memórias do rapaz, que como todos tem direito de reviver as próprias lembranças, e quem sabe aprender com esse delicado momento que passava.

Confessamos que mesmo do nosso ponto de vista a situação era delicada, mas também para o médico que o atendia, sobretudo ao transparecer aos pais do garoto que a situação não era tão simples quanto a priori se imaginava, pois o exame que se julgava revelar alguma lesão dentro do cérebro do garoto pouco ou nada ajudava para o raciocínio clínico:

— O exame de ressonância magnética não mostrou qualquer alteração, revelou para os pais do garoto que, ao ouvirem tal afirmação, mal sabiam se se alegravam ou entristeciam.

Caros leitores, para que possamos entender um pouco mais sobre esse processo todo, vale fazer algumas alusões referentes à memória dos seres humanos, começando por definir o que é memória, e talvez mais tarde falar sobre seus tipos, e os possíveis mecanismos que podem levar à sua perda. Então, passemos a descrever o que terá dito o médico neurologista ao pai de Restiny quando o inquiriu sobre a memória e seus processos...

— Memória, começou por dizer o médico, é a capacidade que nós, seres humanos, temos de armazenar informações com a possibilidade de serem novamente expressas pela linguagem. Em outras palavras, continuou o médico, a memória, permite-nos registrar e conservar os dados aprendidos e evocá-los a qualquer momento. — No caso do paciente, entendamos que aqui o médico refere-se ao jovem Restiny, que terá perdido a memória relacionada aos eventos passados, concluiu o neurologista.

— Mas como é que uma coisa dessas pode ocorrer, se até há bem pouco tempo ele era capaz de lembrar-se de tudo? Questionou o pai que em seguida continuou. — Agora até o seu próprio nome tivemos que informá-lo.

— Caro senhor José, de fato é um processo difícil de entender, mas felizmente possível de explicar, disse o médico que em seguida continuou, quando uma informação é adquirida, ela passa por circuitos neuronais antes de ser armazenada como memória de longo prazo. Esses circuitos, disse o médico, acreditamos serem de codificação e consolidação da informação, mas dependem de um conjunto de estruturas a que atribuímos o nome de sistema límbico.

— Sistema límbico!? Que nome mais estranho, interrompeu José Londuimbali, pai de Restiny.

— Sim, apenas um nome para designar estruturas do nosso cérebro que estão interconectadas, como é o caso do hipocampo, corpos mamilares, núcleo anterior do tálamo, giro do cíngulo, giro para-hipocampal e amígdalas, todas conectadas ao lobo frontal, é o que chamamos de circuito de Papez, e só posteriormente são transferidas para as áreas associativas neocorticais, que seriam o substrato da memória a longo prazo, disse o médico, nesse fatídico discurso, que achamos entendido apenas pelos seus pares.

Cinco minutos já se tinham passado, e o médico continuava a falar naqueles termos que julgamos apenas entendidos por ele. Quanto a José, fingia compreensão, pois por respeito ao médico que se mostrara empolgado em explicar os meandros da sua área de especialidade, apenas parou após ser interrompido, pois o pai, ao ouvir a explicação lembrou-se de já ter escutado a palavra hipocampo, afinal sua mãe, dona Fátima, quando do diagnóstico da Doença de Alzheimer, tinha algumas áreas cerebrais atrofiadas, incluído o tamanho dos hipocampos, estavam reduzidos, o que o levou a fazer o seguinte questionamento.

— Esse hipocampo é o que também pode estar alterado nas pessoas que têm doença de Alzheimer?

— Claro, Sr. José, respondeu o médico com entusiasmo ao constatar que José estava por dentro do assunto, embora não na totalidade. Logo a seguir o médico continuou, as pessoas que padecem dessa doença nos estágios iniciais apresentam esquecimento de fatos recentes, precisamente porque seus hipocampos que são responsáveis pela memória de curto prazo não funcionam adequadamente.

— Mas com a minha mãe a situação é totalmente diferente, pois ela tem uma boa memória para fatos antigos, disse Man Zé, que não tardou em continuar, a velha é capaz de lembrar o número da casa onde nasceu, coisa que nem eu lembro, mas se lhe pedires para guardar alguma coisa esquece, nunca irá lembrar.

— De fato, essa é uma das caraterísticas da Doença de Alzheimer, primeiro vai-se a memória de curto prazo, e só mais tarde a memória de longo prazo, referente a fatos que aconteceram, inclusive na sua infância.

— Então essa situação é diferente do que está a acontecer com o meu filho?

— Sim, aqui estamos perante o que chamaríamos de amnésia retrograda, ou seja, ele esqueceu todos os eventos que precederam a pancada que teve na cabeça.

Quando o garoto teve alta, os familiares despediram-se do médico com entusiasmo, pese embora o jovem ter um longo passado por descobrir, a mãe parecia a pessoa mais feliz do mundo, tinha inclusive recuperado o seu gingado habitual, pudera, o filho se tinha esquecido de todos, um fato, mas por outro lado ninguém mais poderia olhá-lo como alegavam as más línguas, "liambeiro", nome não assumido na presença dos familiares, mas que por trás todos o tratavam como tal.

Do médico ouviram outras explicações, mas como sempre nesses casos algumas muito vagas...

— A possibilidade de se recuperar é muito alta, mas não sabemos como, nem quando, por isso mesmo terá que manter seguimento em consulta externa de neurologia.

Restiny saiu do hospital feliz, mais ainda porque tinha o seu braço à volta do pescoço de Anabela.

A DOENÇA DE JOSÉ

Passadas algumas semanas, já ninguém lembrava dos momentos menos bons da vida de Restiny, todos estavam felizes, mais as senhoras, pois de um lado dona Carol sorria mais e mais, e com razão, afinal tinha o filho fora das drogas, e o marido, embora casado com outra, passava grande parte do dia junto deles; com a jovem Anabela, impossível não estar alegre, parecia que Deus lhe tinha abençoado ao dobro, pois, recém-chegada ao país, tinha agora a oportunidade de passar e compensar o tempo que ficara longe do seu amor. Era uma alegria sem igual, a menina praticamente se tinha mudado para a casa do namorado, os dias eram proveitosos, pois tinha ao seu lado uma "criança" que precisava reaprender tudo, até a leitura tinha esquecido, e com isso Anabela ensinava o alfabeto português, inglês, francês, e agora o árabe era incluído... Restiny aprendia rápido, parecia que, como o passado se tinha deletado, havia mais espaço para armazenar novos conhecimentos... Os espaços vazios da prateleira foram preenchidos com livros da jovem Anabela, abrindo-se espaço para aprender as mais belas poesias, *Pablo Neruda* passou a ser a preferência do casal... ao ouvirem trechos de Vinte poemas de amor e uma canção desesperada ficaram quase atônitos ao experienciar os sonetos, não resistiram... *"Como é tão breve o amor, tão longo o esquecimento"* fez Restiny chorar, a mãe também lagrimou, não só pelo poema que era perfeito, mas também pela maneira como a bela jovem declamou tal poema, fê-lo com maestria, com doçura, e delicadeza...

Em síntese, o dia reservado para a primeira consulta com o Dr. Fernando era de grande expetativa, e de fato foi... uma consulta demorada, vários testes foram feitos, tristeza mesmo apenas a constatação de que o paciente dizia não lembrar de qualquer evento ocorrido antes do dia 4 de dezembro, mantendo ainda alguma dificuldade na compreensão, no uso de algumas palavras, até mesmo na utilização de objetos e na decodificação de termos muitos comuns entre a juventude angolana, como é o caso de "*bazar*", "*está a bater*", "*tá se bem*", e tantos outros cuja memória não nos vêm à cabeça nesse momento.

Dona Carol fora vista exageradamente contente, quando, perante um questionamento do médico sobre o significado de uma imagem que simbolizava um cigarro, Restiny respondeu que desconhecia.

Com relação à consulta propriamente dita, durou cerca de duas horas, pois foram feitos vários exames cognitivos, todos visando esclarecer o grau da perda de conhecimento que o jovem apresentava, pelo que todos se mostraram a favor de um quadro de amnesia retrógrada. Primeiro foi o chamado *Bateria de avaliação frontal*, que avalia conceituação, flexibilidade mental, programação motora, sensibilidade à interpretação, controle inibitório, tendo obtido uma classificação baixa, 8 em 18; depois foi a vez do teste de figuras de Rey, aqui o jovem saiu-se bem, 35 em 36 na pontuação final... de fato foi bem na construção visuoespacial, memória não verbal imediata e não verbal tardia. Essa avaliação roubou um sorriso tímido dos presentes na consulta... Os momentos que se seguiram foram de outros testes, entretanto em nenhum o garoto foi tão mal como o *Teste de fluência verbal para eventos autobiográficos*, tendo o jovem demostrado prejuízo generalizado em todas as modalidades avaliadas, com preponderância para lembranças de conteúdo emocional, algo que entristeceu parcialmente a bela Anabela, pois queria que o namorado se lembrasse de que foi com ele que perdera seu título de donzela.

O médico explicou que os testes reforçavam o diagnóstico de amnésia retrograda pós-traumática, e que, embora não fosse vista qualquer alteração no exame de ressonância magnética, provavelmente os seus lobos temporais e frontais teriam sofrido com o trauma. Não obstante a isso, solicitou outro exame cerebral, cujo objetivo era observar se existia redução do metabolismo cerebral em alguma área encefálica que acreditava estar comprometida, e que propiciasse que o jovem não conseguisse acessar o seu passado.

A DOENÇA DE JOSÉ

Não se tinha passado muito tempo desde a última consulta que o médico, Dr. Fernando, decidiu convocar a família do garoto. No dia apenas apareceu dona Carol, pois quase sempre o pai, Man Zé, encontrava-se ocupado.

— Minha senhora, lamentamos informar, mas tudo indica que o seu filho não tem nenhuma doença orgânica, mas sim *psicogênica*, logo o que diz não lembrar na verdade sabe exatamente o que é, no entanto pensamos que ele não quer aceitar o seu passado, por isso tenta a todo custo esquecer, algo que entendemos como positivo, pois de alguma forma esse comportamento o ajuda a esquecer o vício...

— Então, nesse caso, qual seria o diagnóstico dele?

— Isso é o que chamamos de amnesia retrógrada por simulação.

— Mas como é que o senhor tem certeza de que ele está a simular?

— Porque nos últimos exames neuropsicológicos que fizemos constatamos várias inconsistências, como a ausência de distinção de desempenho entre os testes mais complexos e os mais simples, e porque algumas lembranças o causavam tristeza.

Dona Carol ficou arrasada com o filho, por ouro lado o entendeu, pois acreditou que foi a maneira de desculpar-se por todos os males que teria causado às pessoas que se importavam realmente com a sua existência... No mesmo dia convocou o filho, e o chamou a atenção para terminar com o teatro, alegando-se conhecedora de toda a trapaça... e exigiu uma retratação!

O filho desculpou-se, e revelou que de fato perdeu os sentidos por algumas horas, mas que mesmo no hospital havia recuperado, tendo apenas mantido a fraude porque, como antes, as coisas em sua vida se tinham encaixado, afinal tinha o pai e a mãe praticamente juntos, e mais que tudo tinha Anabela de volta.

— Tive vergonha, tive medo de perder tudo o que Deus me tinha devolvido, disse o jovem em lágrimas. — Nem eu acredito que consigo viver sem esse maldito vício.

Depois disso, mãe e filho abraçaram-se num enlace demorado. Quando o pai chegou, foi-lhe revelado os últimos acontecimentos, na mesma ocasião a mãe exigiu que o filho fosse à casa da jovem Anabela e contasse a verdade.

— Não se constroem relacionamentos baseados na mentira, disse dona Carol.

Nesse mesmo dia, Restiny ganhou coragem e decidiu ir ao encontro da jovem Anabela.

Queria encontrá-la no lugar que a viu pela primeira vez, na igreja Nossa Senhora dos Remédios. Eram cinco horas da tarde, e sabia que, como de costume, os ensaios do habitual grupo coral terminariam nesse período, então encheu seus pulmões e foi ao encontro de sua amada. No pátio da igreja, Anabela conversava com os irmãos espirituais... seu coração tremeu quando viu o namorado, de fato espantou-se, pois preparava-se para em seguida passar em casa do namorado, afinal julgava-o enfermo, e por isso sequer poderia estar a andar por aí sonzinho. Ficou atônita e pasmada, desejou avançar em direção a Restiny, mas não sabia se era o certo, pois fora apanhada de surpresa, e não era apenas ela, afinal lembremos de que a fama de Restiny se espalhara por todo o bairro... de estudioso a liambeiro, comentavam... agora visto na igreja, todos testemunhariam os rumores que estavam espalhados em todas as bocas, a irmã Anabela namorava com aquele liambeiro, comentava-se. Ganhou coragem e foi ao encontro do namorado, andou com orgulho, pois agora não mais o namorado fazia uso de tais substâncias, pelo contrário estava doente, e mais que nunca era preciso estar do seu lado. Por isso andou, com a sua ginga habitual, pois não ia ao encontro de um marginal, mas de um guerreiro que superara o seu vício, e, melhor ainda, buscava por suas memorias passadas.

A DOENÇA DE JOSÉ

A conversa foi tida nas cadeiras do pátio da igreja, e Anabela não pode acreditar no que acabara de sair da boca do jovem que julgava ser seu namorado.

— Você o quê!? Essa interrogação foi acompanhada de um estalido na orelha de Restiny...

Foi uma bofetada daquelas que julgamos que a igreja nunca havia testemunhado durante os seus quase 400 anos.

A jovem ficou realmente enfurecida... — Como pude ser tão tola!? Questionava-se admirada consigo mesma.

Restiny consentiu a bofetada, foi inteligente, e é assim que deve ser, quando estamos errados, temos que admitir a indignação dos outros, é um direito... ficou calado, palavras mesmo apenas, perdão! — Peço que me perdoes, pois temo só de imaginar que te posso perder outra vez.

Como sempre depois da indignação momentânea vem a calmaria, e foi nesses termos que a bela Anabela se dirigiu ao namorado. — Sabes que te amo, e só por isso suporto todos os maus olhares das pessoas, mas nesse momento coloco um fim na nossa relação, e dou início a um período probatório de amizade, em que apenas poderemos reatar se nos julgarmos merecedores de uma terceira chance...

Restiny concordou com as exigências da agora amiga, e não tardou cada um abandonou o local em direção à sua própria residência.

CAPÍTULO VIII

Passados exatos 9 anos desde o dia em que tomou posse como o novo *patrão* da empresa, seria justo afirmar que José tinha feito muitos estragos na vida de indivíduos que aparentavam ter autoridade, alguns presos por desfalques à empresa, outros com seus bens recolhidos a favor da companhia, e por isso mesmo vivia-se um espírito de quase tranquilidade, muito à custa de um pseudopavor que se sabe lá de onde vinha... parecia que já não havia rapinagem na corporação, praticamente um dialeto do passado... entretanto, pareceu-nos que alguns chamaram para si o direito de contra-atacar, e foi a partir dessa altura que alguns primos de José, pertencentes à família Luvuile, renasceram das cinzas... nesse sentido, uma emenda caldiana talvez se aplique, "*Rato é um ratoneiro que melhora com o gato*", mas infelizmente, e como sempre, subestimou-se o roedor, muito por julgar-se o animal pelo tamanho, crendo-se desnecessário o felino para juízo do ventanista... concluímos que Man Zé não terá levado a sério os ensinamentos de seu pai, e agora terá que arcar com as sequelas de seus atos.

Alguns elementos da família Luvuile entenderam que Man Zé fora longe demais em suas ações, e sem consultar o pai, que já não tinha tanta atenção dos filhos, desde que passou a presidência ao sobrinho, legítimo proprietário, filho do fundador do "império", decidiram colocar em marcha um velho e audacioso plano, que, em verdade, na altura em que vos relatamos estes fatos, caros leitores, já estavam a todo vapor... E como é por todos sabido, o velho Luvuile não andava só, tinha os seus capangas, sim, aqueles cuja função era recolher informações sobre a vida dos outros... Como

Castro, tudo sabiam, e nunca era suficiente, queriam sempre mais, e conseguiam... sabiam de tudo, mas absolutamente tudo... a ficha de fato era completa, e incluía a data e o local de nascimento, o peso com que nasceu, a vida escolar, os primeiros "namoricos", como e com quem foi, a formação e o local, com quem casou, a militância, a ficha médica. E foi assim que, ao serviço dos descendentes de Luvuile, terá encontrado o "ouro sobre azul", descobriu que Man Zé, apesar do poder que agora ostentava, não gozava de plena saúde... por sorte para uns e azar para outros, Man Zé não estava nem aí para esse tal problema de saúde... *se nada dói, como estar doente quando nada se sente?* Questionou-se certa altura!

Como imaginamos, a família Luvuile era atenta aos pormenores, e sabia muito bem aproveitar os pontos fracos do agora inimigo, foi então que a filha de Jú São João teve o audacioso plano, pois lembrou-se de que conhecia alguns funcionários da famosa empresa FiA.

Passados alguns instantes, ligou-se para o famoso Alberto, notável pelos inúmeros montantes de 100 mil kwanzas, recebidos aos então desejosos de morar nas cidades recém-erguidas, montantes depositados em seu bolso pelos desejosos de transmutar suas realidades sociais.

— Preciso que descubras a situação habitacional da Bibiana Kiangana, disse a voz que ligara para o famoso "micheiro".

Alberto, como bom oportunista que era, não tardou em movimentar-se, e o que descobriu foi assustador. A empregada da velha havia adquirido a sua residência utilizando documentos falseados... constava que trabalhava no cobiçado Ministério das Finanças, mentira, pois como é por todos sabido labutava para a velha Fátima há cerca de 20 anos. O mais grave foi relativo à situação financeira com encargos por cumprir... Nunca havia pago um único mês do seu arrendamento ao Estado, claro, como muitos, cometeu o maior equívoco de todos, deixar-se estar nas mãos da regência... "*Se não estiveres comigo, recebo-te... ou obrigo-te a pagar os juros referentes aos anos anteriores*", era o que ouviam em tempo de campanha, e como uma mão lava a outra, nesse jogo não havia inocentes, todos tiravam vantagens, uns para "adormecer" no pódio e outros para viverem sem cumprir com obrigações de um bom cidadão. No entanto, entende-se o medo que aqueles habitantes tinham de mudar-se para a casa do vizinho... não o fazem, pois o próximo poderia exigir que quitassem as dívidas, e com isso seus benfeitores alegam: anteponham bem, pois os próximos poderão exigir que paguem, e se não o fizerem serão colocados no olho da rua...

Em outro momento, dona Bibiana, acabava de chegar à casa, com ela dois sacos repletos de produtos roubados, ou melhor, tirados da casa da patroa, pois, ao que parece, as empregadas angolanas tinham desenvolvido um ditado próprio, "É *da patroa também é meu*", por isso felizes eram as que encontravam fartura nas casas onde labutavam, o que não acontecia com as que trabalhavam em casas onde a fome fazia morada... felizmente Bibiana Kiangana dava-se ao luxo de levar para casa produtos diversos. Para a cozinha, naquele dia trouxe meio litro de óleo, metade de um frango, cinco tomates, quatro cebolas, um jogo de talheres usados, duas taças de vinho usadas, leite em pó colocado em um saco, certamente retirado da lata de "Nido" que a velha tinha em casa, dois quilos de arroz, algumas lascas de queijo, fiambre, quatro bananas, alguns dentes de alho, algumas gramas de sal e de açúcar, todos transportados no famoso saco preto colocado às escondidas no saco de lixo, levado da casa da patroa... Para o quarto de banho, levou detergentes... enfim, coisas suficientes para aquele dia, pois tinha o cuidado de mexericar com prudência para não dar "bandeira".

Ao chegar à casa, como de costume, o filho "caçula", o último dos 8, saltou-lhe ao colo, outro ainda de fraldas o seguia. Todos pularam para o colo da mãe, o saco com as coisas "roubadas"

foi invadido, minutos depois estava o mais velho todo lambu-
zado de leite.

Instantes depois a campainha tocou... era o Alberto, consigo trazia mais dois senhores, vestidos com coletes, falsamente iden-tificaram-se como funcionários da "Filhos de Angola". A conversa foi de difícil digestão, mas, como se sabe, quando se tem muitas barrigas para alimentar, incluindo a do marido, acaba-se cedendo para a imoralidade, e foi o que aconteceu...

No dia seguinte estava ela, disposta como sempre... Não precisou bater na porta, afinal tinha a confiança da patroa, a velha Fátima. Bibiana Kiangana era a empregada típica, apa-rentava os quarenta e poucos anos, alta, algo ressequida, doce com os patrões, mas nervosa com as crianças, sobretudo as que não paravam quietas, na verdade era uma empregada pouco cordial e muito maldizente, e, para sermos francos, era mais feia que bonita... tinha os olhos escuros e grandes, que se realça-vam quando desse as habituais "olhadas" intimidatórias para as crianças e os adultos visitantes que em seu entender pertenciam ao "baixo clero". Tinha o nariz e os lábios grossos, a pele clara, os cabelos pretos, mas com alguns fios brancos à mistura, o mais irritante nela é que reclamava de quase tudo, costumava trazer os problemas de sua casa para os ouvidos da bem-humorada velha Fátima, que nunca reclamou do seu mau feitio, admitamos.

Tinha destreza no trabalho, em pouco tempo, resolvia os detalhes da casa, e depois, dirigia-se para a cozinha... nesse dia a ementa era especial, o feijão estava em cozimento, afinal, Man Zé prometera passar em casa para visitar a mãe, e como de costume o único dia que a velha ia para a cozinha era nessa ocasião. Para Bibiana algo desnecessário, pois em seu entender mais atrapa-lhava que ajudava.

A velha estava doente, o diagnóstico, doença de Alzheimer, embora na fase inicial da enfermidade. Esquecimento mesmo, apenas das coisas que aprendera depois do recente diagnóstico, às vezes se lembrava vagamente, mais rapidamente o que aprendera desaparecia...... para os conhecimentos antigos, preservava lucidez... por isso, quando o filho anunciava que a visitaria, fazia questão de ir à cozinha, e fazia questão de preparar o *"funje com feijão de óleo de palma e moamba de galinha"*, e, claro, a kizaca, essa não podia faltar. O alimento já não sabia tão bem, mas Man Zé tinha de comer, afinal, quando se tem a mãe com os neurônios em degeneração, todas as recordações são como uma prenda.

Enfim, a comida estava pronta, a velha Fátima tinha preparado com a ajuda da empregada, mas falhou ao colocar alguns temperos... talvez na regulação do fogo, claro, todo o cuidado era pouco, e a empregada sabia mais que ninguém, teria que redobrar os cuidados com a velha, e sejamos justos, com a idosa, Bibiana tinha uma atenção levada ao extremo.

Naquele início da tarde, Man Zé acabava de chegar à casa da mãe...... a mesa estava realmente bonita, de um lado a mãe, de outro o filho... na mesa não faltou o vinho tinto, um litro era a quantidade mínima por refeição, o pirão, o feijão de óleo de palma, a kizaca com ginguba e moamba de galinha estavam sobre a mesa. Nas laterais um pires com o famoso *"cahombo é que pica"*, ladeado por uma garrafa com água quente... o ingrediente completo para elevar a pressão arterial de Man Zé, mas não era nada, afinal o que são alguns números a mais no esfigmomanômetro a julgar pela alegria da mãe.

No final, a comida estada servida, o vinho tinto já repousava no interior do copo, a primeira garfada foi introduzida na boca... Man Zé parou com o garfo entre os lábios, olhou para a mãe, que retribuiu o olhar com um sorriso, como se buscando pela aprovação do filho sobre as suas qualidades na cozinha... O filho não teve outra opção, engoliu a primeira garfada, e com coragem outras teriam que ser acompanhadas... A comida estava salgadíssima... bravura precisava-se, e foi o que teve... para diminuir o gosto a salso, para cada garfada, um gole de vinho era acompanhado, por isso não foi uma, mas duas garrafas esvaziadas. No final do último gole de café, a cabeça de Man Zé começou a doer... estava claro, saíra às pressas de casa, havia esquecido de tomar o remédio habitual, usado para controlar a sua pressão arterial. Solicitou que trouxessem o pequeno aparelho da velha, adquirido com o propósito de controlar os níveis de pressão sanguínea da "kota", que como o filho era hipertensa, porém mais bem controlada, talvez por valorizar mais a vida em relação àquele que se considerava eternamente jovem, e sem grandes preocupações com o bem-estar.

O resultado avassalador, no visor do pequeno aparelho viu-se o assustador número, todos acima de 200/110mmHg.

— Esse aparelho está com problemas!?

— Não, respondeu a empregada.

— Por favor, traga-me aquele captopril que usamos para a mãe apenas quando necessário.

A medicação era uma recomendação do doutor Viemba, algo que se tornou moda na família... — Se a pressão em milímetros de mercúrio atingir níveis superiores ou iguais a 180 de máxima e 120 de mínima, coloque um comprimido debaixo da língua, em seguida aguarde, e volte a medir depois de 30 minutos, e depois, não se esqueça, visite o seu médico imediatamente, insistia o Dr. Viemba.

A empregada saiu às pressas, visando buscar o famoso comprimido... Depois de dez minutos, ouviram-se gritos de desespero... assustada, era a senhora Bibiana, que do quarto da velha Fátima esgrimiu um gutural grito. Man Zé foi às pressas ao seu encontro...

— Ai, meu Deus, ai, meu Deus, gritava assustada a famigerada empregada.

— Vá fale, falou Man Zé, que agora parecia algo apavorado, enquanto mantinha a mão à cabeça, tentando buscar alívio para a dor...

— Senhor, não sei se devo lhe mostrar...

— Pare de gritar desse jeito, deve ser algo importante...

— Senhor, o aconselho a não ver... insistia a empregada, que se mantinha com o telefone à mão.

No impulso, José recebeu o diminuto telefone... não poderia ser mais chocante, mais repugnante, mais humilhante, mais ultrajante, mais decadente, mais indecente, mais desonrante, mais indigente, mais aberrante, mais horripilante, pois não era algo flutuante ou claudicante, era fulminante, negrejante e dilacerante. José ficou petrificado, e com razão, não sabia o que fazer, também seria em vão, não sabia o que dizer, também o que dizer? Era a verdade nua e crua, sem adornos nem contornos, apenas danos e fatos... quando a velha chegou, já era tarde, o filho estava estatelado no chão... tinha a boca desviada para o lado esquerdo do corpo, as calças molhadas de urina, não conseguia mover a parte direita do corpo. A empregada e a mãe, dona Fátima, entraram em pânico, mesmo com a sua demência, sabia, o filho não iria responder o seu chamado, pois, como o padrasto, teve a maldita trombose, a mesma que "levou" seu marido. Perturbada, saiu à rua, gritou desesperadamente para os vizinhos, esquecendo-se do poder econômico do filho, e que para tal bastaria ligar para o serviço de resgate...

— Socorro, o meu filho está a morrer! Socorro! Gritava a mãe aos prantos.

Por sorte ou por azar, o vizinho Calmo veio o mais rápido que pôde...

— Temos que levá-lo ao hospital, isso é trombose, o meu irmão morreu disso, temos que ir imediatamente ao hospital.

José foi levado às pressas ao hospital que ficava no bairro Rangel, entretanto, ao chegarem no local, foram apenas realizados procedimentos básicos, em minutos tinham acionado uma ambulância, o corpo clínico aconselhou a família para que ele fosse o mais rápido possível transferido para um daqueles hospitais, construídos, apetrechados e mantidos com verbas públicas, mas que apenas os casacudos tinham acesso aos serviços ali prestados. Os motivos, alegaram os médicos que, embora tivessem profissionais capacitados, os hospitais vocacionados para o atendimento do público em geral, vulgo faltos, e para filhos de honestos trabalhadores não dispunham de material tecnológico para atender casos de tamanha complexidade, sobretudo na situação presente, um exame de imagem cerebral seria necessário para definir o tipo de lesão que acometia o cérebro. A família, que já se fazia presente no local, tinha ciência do fato, por isso posicionaram-se contra a empregada e o vizinho, claro, excluindo a velha Fátima, que fora escudada pela doença.

— Vamos imediatamente ao hospital que ele merece, pois, se o deixarmos aqui, certamente irá morrer, disse a secretária de Man Zé, num autêntico "desrespeito" aos profissionais do Rangel, que mesmo em condições espúrias davam a vida para os mais necessitados... As palavras da secretária motivaram uma chamada de atenção por parte do médico interno escalado para "escoltar" o doente para a unidade de saúde mais próxima, essa que, como dissemos, fora "esculpida" e reservada para os casacudos.

— Se eu fosse a senhora, não desvalorizava os profissionais das instituições do Rangel em detrimento das do asfalto, pois nos hospitais a que se refere, apesar de encontrar tecnologia, nem sempre se encontram profissionais capacitados e com a devida experiência, argumentou o médico.

— Apressemo-nos, disse alguém cujo rosto não chegamos a identificar.

Bastaram dez minutos e o paciente já era atendido no luxuoso hospital... uma hora e trinta minutos se tinham passado desde o momento em que Man Zé fora visto pela última vez andando, os médicos levaram o paciente às pressas para a área de imagiologia, pois a extração de sangue fora feita mesmo no local enquanto se apurava o tempo de doença... apenas minutos foram suficientes para a realização do exame de tomografia computadorizada cranioencefálica, enquanto isso os médicos acompanhavam a realização do exame do outro lado, claro, evitando a exposição aos raios ultravioletas, nefastos para os seres humanos, entretanto de forma quase imediata tiveram acesso ao resultado das imagens, que ao contrário do que se poderia imaginar afastou o diagnóstico de acidente vascular cerebral hemorrágico, que poderia muito bem ter ocorrido, sendo o caminho mais lógico no decurso dos acontecimentos que certamente romperiam as minúsculas artérias cerebrais, ocasionando extravasamento de sangue para o interior do parênquima, devido ao aumento da pressão arterial.

— É certamente um AVC isquêmico, e dos grandes, disse o neuroimagiologista mais experiente, para espanto dos menos calejados, que direcionaram seus olhos para a imagem que espelhava o cérebro de José, buscando por possíveis áreas de hipodensidade, que traduziriam falta de suprimento sanguíneo, nutrientes e oxigenação em uma área específica do cérebro, e que confirmaria o tal acidente vascular cerebral isquêmico.

— Por que é que diz isso? Questionou um dos médicos menos versado na área.

— Vês essa hiperdensidade aqui? Disse o médico experiente apontado para uma área de tonalidade branca, que aos olhos dos leigos mais parecia uma linha branca descontínua.

— Sim.

— Claro, é o que chamamos de sinal de artéria cerebral média hiperdensa, que traduz presença de um trombo nessa área, e que terá originado interrupção do fluxo sanguíneo em uma das partes do cérebro.

Diante dos fatos os médicos foram unânimes, era preciso avançar para outros exames complementares, foi então que decidiram realizar a dita ressonância magnética, com sequência de difusão e perfusão, apenas uma técnica adicional ao exame visando dar luz à escuridão. Como dispunham de todos esses recursos, ao contrário do hospital onde José passara antes, o exame foi rapidamente realizado, e o resultado, como o anterior, saiu em pouco tempo... Para alívio dos médicos, a angiorressonância foi conclusiva, um trombo gigante estava sobre a artéria cerebral média, e por isso uma parte do cérebro de José estava sem suprimento sanguíneo, algo que carecia de intervenção rápida, pois tarde ou cedo a área acometida poderia "morrer", e para sempre...

— A conduta mais acertada em termos de tratamento, e em respeito ao tempo já transcorrido, seria o que chamaram de trombectomia mecânica, disse para os demais o médico mais experiente.

Um dilema se tinha iniciado no luxuoso hospital, destinado aos casacudos, esse procedimento aparentemente simples, mas capaz de salvar inúmeras vidas, não era realizado, e, pior, o único médico neurologista com expertise para realizar tal procedimento no país chama-se Fernando, e apesar dos míseros kwanzas que recebia atuava com exclusividade no hospital do Rangel. Um fato digno de realce, afinal ainda existem almas que exercem a profissão com o mesmo propósito de início, o que indica que não se desviaram... aliás, *trabalham por amor, ganham amor e praticamente vivem de amor por amor ao que fazem!* Irônico mesmo foi saber que um profissional daquele calibre fora colocado de parte por temor de alguns a que buscasse para si algum ministério reservado aos porvindouros dos casacudos.

Enquanto isso o paciente "afundava", ou melhor, o seu limiar de consciência diminuía, ele que entrou acordado, embora sem falar, já não obedecia o que se lhe solicitava, seu pulso começou a diminuir, o nível de açúcar e a temperatura de seu corpo começavam a aumentar, e, mais grave ainda, as pupilas dos seus olhos começaram a dilatar, minutos depois vários episódios de vômito em "jato" foram presenciados... Estava claro, era preciso agir, e com urgência, pois ao que tudo indicava o edema perilesional ocasionava aumento da sua pressão intracraniana, e deslocava estruturas nobres do cérebro para baixo... os médicos justificaram a deterioração do quadro pela extensão da lesão, que culminou no aumento da pressão intracraniana, provocando "herniação tonsilar", levando à alteração do funcionamento de um sistema que chamaram de "sistema ativador regulador ascendente", responsável pela manutenção do funcionamento de órgãos vitais.

O termo de consentimento informado para um procedimento cirúrgico, que visava realizar uma cranietomia descompressiva, foi dado aos familiares... Nesse instante, José fora declarado como um doente com prognóstico reservado, e que apenas esse ato cirúrgico poderia ajudá-lo a sobrevir. O papel foi assinado em lágrimas, mas se assinou, em seguida Man Zé fora levado às pressas ao bloco operatório.

No princípio a família estava revoltada, afinal todo o luxo e publicidade que se fazia sobre os ostentosos nosocômios não passava de falácia, quando ao que chegaram a apurar, o médico com capacidade para resolver o problema atendia com exclusividade no hospital do Rangel, onde por falta da dita tecnologia praticamente não perpetrava tal procedimento aprendido no exterior do país, onde por sinal fora formado com verbas públicas. Um paradoxo, uns têm a mobília, e os outros o cérebro, faltando apenas políticas capazes de os unir... o momento agora era de oração, pois José estava a ser submetido a um procedimento cirúrgico, e embora soubessem que não se tratava de uma cirurgia de alta complexidade, ainda assim a apreensão era natural. Enquanto se esperava, o médico que praticamente solidarizou-se com a família decidiu permanecer no local, estava ávido por saber do desfecho do caso, por isso permaneceu no recinto, tendo alguns familiares, com realce para a secretária de José, aproveitado o momento para questionarem o jovem médico.

— Mas, afinal, o que é o AVC? É muito grave? O que é que devemos fazer para evitar? Perguntavam os familiares, que impulsionados pela secretária testavam os conhecimentos do jovem.

— Eh, Eh, eu não sou neurologista, começou por responder o médico, ainda clínico geral, mas aspirante à neurologista, algo vaidoso, pois agora parecia o mais importante de todos no local, pese embora o menos dotado de recursos financeiros. — AVC, começou por dizer o doutor, é uma sigla, que significa acidente vascular cerebral, nada mais é senão um distúrbio que acomete o sistema nervoso central, e geralmente o dano é circunscrito a uma área do cérebro, e que ocorre de forma súbita devido à obstrução ou ruptura de uma artéria cerebral.

— E no caso do chefe, o que é que aconteceu realmente e por quê? Voltou a questionar a secretária, que parecia a mais inconsolável.

— Pelo que vimos, o AVC dele é isquêmico, e nesses casos uma área do cérebro ficou sem sangue, o que originou essa situação toda.

— Até aí entendi, mas o que não entendo é o motivo de falar-se num tipo de tratamento, que não fazem aqui, mas que agora optam por fazer essa cirurgia.

— Bem, nesse caso, são procedimentos diferentes, disse o médico, que não tardou em continuar. O ideal seria remover-se mecanicamente o que obstaculiza a circulação do sangue, já que a área lesionada não se encontrava totalmente danificada.

— Como assim? Interrompeu a jovem secretária, algo feliz.

— É exatamente o que lhe disse, pois nas primeiras horas da interrupção do fluxo sanguíneo cerebral os mecanismos de autorregulação auxiliam no suprimento de nutrientes por meio do que chamamos de circulação colateral...

— Mas isso é fabuloso, quer dizer que não devemos nos preocupar tanto, não?

— Bem, não diria isso, sobretudo no nosso meio, pois no caso em questão, por falta de recursos humanos, como vimos, não será possível que se proceda ao tipo de tratamento preconizado, por isso o caminho natural será a morte neuronal, que na maioria das vezes se dá de forma irreversível.

— Mas com o chefe a situação será diferente, certo? Até porque já foi rapidamente ao bloco operatório, voltou a questionar a secretária algo aflita.

— Não, definitivamente não! Respondeu o médico que não tardou em continuar. — O procedimento cirúrgico, nesse caso, visa exclusivamente evitar a morte do paciente, que poderíamos arriscar em dizer que se avizinhava devido ao provável envolvimento das estruturas vitais responsáveis pela manutenção da vida, entretanto a área do cérebro que ficou sem sangue sofrerá do mesmo jeito.

Após essas breves explicações houve um momento de pausa, pois o esclarecimento trouxe aos presentes certa angústia, estava claro, o mais provável é que José voltaria vivo, mas não se sabe qual dano a doença causaria ao seu corpo.

Nos minutos que se seguiram, chegaram outros elementos da família, incluindo a dona Carol, a mulher que toda família gostava, aquela a quem se liga nas horas difíceis, a pessoa pela qual se tem a certeza de que estaria e estará para os parentes nessas e noutras horas. Também pudera, nunca deixou que outro homem se aproximasse dela, talvez aguardando por instantes como esses... O momento era frenético, Carol passou de ex-mulher à "dona do pedaço", apesar de José estar entre a vida e a morte, conforme atestaram os médicos ao afirmarem que seu prognóstico era reservado, diríamos que uma forma mais branda de dizer: *"nem mesmo nós sabemos o que poderá acontecer com o paciente"*.

A DOENÇA DE JOSÉ

Quanto a Milocas, a esposa até então legítima, não há muito o que dizer, pois a essa hora estava a amparar seus hematomas faciais, a julgar pelas duas bofetadas que a velha Fátima, lúcida por instantes, deu-lhe quando compareceu ao hospital, alegando ser a esposa de José. Entretanto, o mesmo não diríamos da mãe de José, dona Fátima, essa que após sopapear a nora "passou dessa para a melhor", bateu a cassuleta, morreu, bazou... Por isso, caros leitores, descrevemos o que aconteceu entre sogra e nora...

Tudo se passou distante dos holofotes, pois ao aperceber-se de que Milocas se aproximava do local a Velha, antevendo uma possível humilhação para Carol, confrontou a agora legítima nora ainda na porta de entrada, local relativamente distante da sala de espera onde se encontravam outros elementos da família.

— Esqueça o meu filho, sua puta sem vergonha, nunca mais apareça na minha frente, sua miserável, prostituta, não passas de amásia, dizia enraivecida a velha, que testemunhou os fatos que culminaram no fatídico acontecimento ao filho, algo que não foi levado muito a sério pelos familiares, pois, sabendo da sua demência, era de hábito não darem a real importância ao que a velha dizia, mais ainda quando se tratava de Milocas, pois todos sabiam que a velha não gostava da nova nora.

Num primeiro momento, a então nora manteve-se calada, certamente algo envergonhada com o que acabara de acontecer, pois o motivo era algo odioso, ignóbil e até repugnante, no entanto esse desdouro não durou muito, pois a jovem aproveitou o momento em que ninguém mais ouvia para desoprimir tudo o que tinha "entalado" na garganta...

— O seu filho merece morrer, respondeu Milocas de forma histérica para a velha.

Dona Fátima, embora num primeiro momento tivesse possessa de raiva, ficou calada, pois, apesar de não gozar de simpatia por Milocas, nunca esperou uma resposta dessas, vinda da nora, uma esposa, embora agora uma megera...

— O traí, sim, disse vociferando a jovem, certamente impulsionada pelos ensinamentos de sua mãe, a própria Mahindra, "*Juntos para toda a vida é para quem começa a morrer aos 40, homens, e não para quem começa a viver aos 40, mulheres*". Em seguida continuou, nunca o amei, e jamais o amarei, sabia que seu dia iria chegar, e mais que isso, gostaria que o pai estivesse vivo, afinal foi ele que nos tirou a mãe, aquele vigarista, Caldas de merda! — Quer saber, velha caduca, nunca amei o seu filho, repetiu, sempre desejei coisas horríveis para ele, pois vi o orgulho com que falava do pai que desgraçou a minha família, convidando a minha mãe para a morte! Desde aquele funeral, quando leu a biografia do pai, o odiei, pois falava com vaidade daquele que desgraçou a nossa vida, pior ainda, ao meu lado, falava daquele famigerado pai, Caldas, que nome mais ridículo, que a senhora também amou, e com certeza nunca esqueceu, disse a jovem que, sem parar, continuou, a senhora não gosta de mim porque o seu amor sempre amou a minha mãe, pior que isso, decidiu morrer ao lado dela, para mostrar para todas vocês que, apesar das inúmeras mulheres que teve, apenas amou a minha mãe, saiba, velha caduca, acrescentou a jovem, essa é a minha vingança, disse.

A velha não aguentou, ali, na luxuosa clínica, sob o olhar de ninguém, teve um ataque cardíaco fulminante. Morreu sem saber se o filho viveria! Foi pânico total, aconteceu o horror, para outros o terror, mas, para Milocas, a vaidade transformara-se em temor e tremor, entretanto, fazendo jus à astúcia habitual, enquanto os familiares procuravam amparar a velha agora defunta, a jovem conseguiu abandonar o local sem que ninguém se apercebesse, e em verdade ela só ficou a saber do sucedido com a velha tempos depois.

Passados alguns minutos, a família se tinha dividido, alguns crucificavam a empregada, que para muitos era a principal culpada de toda a fatalidade que se abalou sobre a família que até então parecia bem estruturada.

A DOENÇA DE JOSÉ

— Eles disseram que, se não mostrasse ao patrão, me colocariam fora de casa, e tive que o fazer, argumentou a empregada, que em abono da verdade também somos de opinião que contribuiu nefastamente para o fatal desfecho.

Caros leitores, esperamos que aceitem, pois não somos apologistas do velho ditado *"O corno é o último a saber"*, mas entendemos que existem melhores formas para informar a um corno sobre os chifres que tem carregado, e isso não aconteceu, pois a empregada fora claramente instruída sobre a forma como deveria proceder, algo que nos leva a concluir que houve intenção de causar dano, assim consideramos criminosa tanto a megera esposa quanto a necromante empregada. Por isso, uma emenda caldiana pode aqui ser evocada, *"Chora, diz ter sido traída, uma ilusão, revoltado, diz ter sido traído, um direito"*. Claro, o corno pode achar que tem direito de "morrer", para recuperar a sua reputação, e só por isso, embora não aprovando, poderíamos entender os argumentos do velho defunto com relação ao que chamou de *"princípio territorial"*. Para o velho, *"a traição apenas é consumada quando existe invasão territorial, e para ele apenas o sagrado feminino poderia ser invadido, pois é fértil para a colonização"*. A união pelo casamento os torna invasores, assim, quando o homem trai, ambos são invasores, e quando a mulher trai foram invadidos, dizia o velho.

— Quando vi o vídeo, não acreditei, começou por dizer a necromante empregada, parecia um filme, até no próprio casamento!? Claro que foi no dia de casamento, porque estava vestida de noiva, com o mesmo penteado, a mesma maquiagem, o mesmo verniz, o mesmo anel, tudo que usou no dia do casamento, no vídeo ela falava, disse a empregada, convencida de que teria agido da melhor forma possível, *"sou o presente que mereces por teres patrocinado o meu casamento"*. — Logo com o padrinho de casamento!? Eu não aguentei, desculpem, mas não aguentei, cavaqueava a necromante empregada, que em seguida continuou, me manteria calada pelas outras vezes, mas não no casamento, pois vi como

173

a todo instante tentava colocar-se acima da dona Carol, como se fosse superior...

Quanto mais falava, mais Carol se colocava em seu lugar, pois talvez se fosse ela teria feito o mesmo, por isso praticamente a empregada tinha sido perdoada, porém não diríamos o mesmo da adúltera esposa, embora admitamos não seria Carol a pessoa que revelaria tal infidelidade.

— Esses são problemas que apenas o casal poderá resolver, não nos metamos nisso, concluiu dona Carol, para espanto da famigerada e necromante empregada.

A cirurgia foi demorada, mas para alívio dos familiares José tinha sido encaminhado para a unidade de cuidados intensivos, vulgo UCI, um procedimento habitual, pois precisava se recuperar do efeito da anestesia. Os poucos que ainda estavam no hospital decidiram ir para casa visando descansar. Com relação aos familiares, nem isso foi possível, pois teriam que tratar das condições para as exéquias do funeral da velha Fátima... esse que foi modesto, pois em nada se igualou ao funeral de Caldas e Mahindra, que mais se pareceu com um evento festivo... O certo mesmo é que a velha repousa decentemente, apesar de lamentarmos a forma como sucedeu o seu passamento físico, triste pelo filho que estava entre a vida e a morte, e decepcionada, pois acreditamos nunca ter imaginado que uma mulher que jura fidelidade a seu esposo fosse desejar a morte do marido, mas a vida é isso, cabe aos velhos dar lugar aos jovens, sem os quais não haveria renovação, nem mesmo progresso.

A secretária que não mais largou o jovem médico disponibilizou-se em dar-lhe boleia, e foi nesse retorno do médico para casa que foi possível ouvir os outros esclarecimentos referentes ao famoso AVC, doença que era a segunda causa de morte no

A DOENÇA DE JOSÉ

mundo, ficando atrás apenas das doenças isquêmicas do coração, entretanto a primeira causa de incapacidade...

No carro, os primeiros instantes foram de silêncio, talvez o jovem médico tivesse razão, pois a língua da secretária não se manteria imóvel por muito tempo, e não tardou interrompeu o silêncio.

— Desculpa, mas gostaria de entender melhor todo esse processo sobre o AVC, pode ser?

— Sim, respondeu o médico interno de especialidade.

— Obrigada por estares comigo nesse momento, disse a secretária, que continuou em seguida. — Como deves imaginar, o presidente é tudo para mim, e essa situação está a acontecer em uma altura de grandes reformas na empresa, e por isso mesmo não consigo imaginar o que poderá ser de mim sem a sua presença.

O jovem médico, não sabendo exatamente o que dizer ou até mesmo o que fazer, optou por ater-se ao que realmente entende, ao que então começou por dizer o seguinte:

— Como já deves saber, existem essencialmente dois tipos de AVC, um que chamamos de isquêmico e outro que chamamos de hemorrágico.

— Oh, mas então não são a mesma coisa? Perguntou com espanto a jovem secretária.

— Não, definitivamente não, respondeu o médico, que na sequência continuou. No isquêmico vulgo trombose há interrupção do fluxo sanguíneo cerebral, levando determinadas células cerebrais a ficarem privadas de oxigênio...

— E não existe uma forma rápida de resolver esse problema antes que o pior aconteça? Interrompeu a secretária.

— Claro que é possível...

— Sério!? Então por que é que simplesmente não o fazem?

— Bem, esse é um processo mais complicado...

— Complicado quanto?

— Bem, o que acontece é o seguinte... quando ocorre a interrupção do fluxo sanguíneo em determinada área do cérebro, nem todo o tecido cerebral irrigado pela artéria ocluída, fica comprometido, pois existe uma área tecidual que apresenta algum potencial de reversibilidade, é o que chamaríamos de área de penumbra.

— E isso é bom ou mau?

— Diríamos que é bom, entretanto, para preservar essa área, é necessário que o fluxo sanguíneo ora interrompido seja restabelecido em poucas horas, de modo que a área sem irrigação sanguínea não aumente, o que levaria à morte de neurônios saudáveis encontrados na dita área de penumbra.

— *Okay*, disse a jovem secretária, fazendo uma cara de pouco entendimento. Era como se dissesse passemos para o próximo, quanto mais ouvia, mais baralhada ficava. — E com o outro tipo, o hemorrágico, a coisa é igual?

— Como disse, aqui as coisas são diferentes.

— Oh, já dissesse? Desculpa, devo ter ouvido, mas não entendido.

— Sem problemas, disse o médico vindo da província de Benguela, a quem Deus tinha dado a virtude da paciência. — No AVC hemorrágico uma artéria cerebral rompe-se, propiciando o extravasamento de sangue para o interior do cérebro.

— Bem, até aqui entendi, mas o que realmente quero saber é como é que uma artéria que até há instantes estava bem, de repente, do nada, rompe-se, isso é o que gostaria de entender...

A pergunta pareceu-nos complexa para um aspirante a neurologista, por isso vimo-lo a engolir um trago de saliva, provavelmente interiorizando a importância da pergunta, para melhor responder.

— Bem, começou por dizer, nesses casos, e sobretudo nas pessoas com hipertensão arterial não controlada, na medida em que a pressão aumenta, também aumenta a pressão sobre a parede das artérias, fazendo com que elas se tornem frágeis, o que faz com que haja formação de pequenas dilatações na parede das artérias, chamados de pequenos aneurismas, e esses, e naturalmente em determinado momento, podem romper-se, e a partir daí já sabes o que acontece...

— Claro, o sangue que devia estar nas artérias vai diretamente para o cérebro, é muito sangue junto, exclamou a secretária que não tardou em continuar. — É como se a tubagem de uma conduta de água rebentasse, fazendo com que uma grande quantidade de água jorrasse para fora do tubo... só que nesse caso trata-se de sangue, que no cérebro comporta-se como uma "massa" dentro dele.

— Exatamente, disse com entusiasmo o médico, para satisfação da jovem secretária, que finalmente começara a ver as coisas com alguma clareza.

Não tardou e o jovem médico continuou... depois foi a vez da secretária intervir...

— Já ouvi falar que o AVC hemorrágico é o tipo mais perigoso, isso é verdade?

— Não necessariamente, mas de um modo geral, está muito associado a um elevado número de mortes.

— Estou chocada, disse a secretária, que não disfarçou um olhar simpático e de fascinação ao médico aspirante a neurologista. Porém não tardou em continuar, mas quais são as verdadeiras causas dessa doença?

— As causas são inúmeras, e se começar a falar de cada uma não sairemos daqui nunca, disse brincando o médico.

— Tenta, por favor, insistiu a moça... nem que sejam as mais frequentes...

— Bem, de um modo geral, para o AVC isquêmico, existem o que chamamos de aterosclerose, é o que comumente referimos como acúmulo de gordura e outras substâncias na parede das artérias, existem também os problemas cardíacos, que podem provocar algo que chamamos de fibrilação auricular, que é quando o ritmo do nosso coração bate de forma irregular, em alguns casos existe a oclusão de pequenos vasos, aí, sim, pode ser causada por hipertensão arterial, diabetes mellitus, entre outras.

— Mas tudo isso?

— Isso sem falar dos casos em que nunca se saberá das reais causas, rematou o médico.

— Meus Deus, exclamou a jovem com alguma perplexidade, como se antevendo que não existiam escapes para essa doença.

— E isso é apenas para o isquêmico, pois para o hemorrágico existem também causas variadíssimas, mas talvez destacaria as malformações arteriais e venosas, e até os aneurismas propriamente ditos.

— Desculpa, mas o que é que são exatamente os aneurismas?

— São pequenas dilatações que surgem ou encontram-se na parede das artérias, e que devido a algum fator precipitante podem romper-se e o resto também já sabes... riu-se o doutor.

— Por favor, não te canses, mas quero tirar todas as minhas dúvidas, posso?

— Claro.

— E com relação ao que falam sobre fatores de risco, ah, por-que não pode isso, não pode aquilo, será que é mesmo verdade?

— Sim, claro, e sobretudo no nosso meio, já que "genetica-mente" temos uma maior probabilidade de desenvolver hiper-tensão arterial.

— Sério!? A pressão alta é um risco para ter AVC? Perguntou admirada a jovem, que não tardou em continuar. — Mas eu tam-bém sou hipertensa, e é por isso que tomava um comprimido, mas tive que parar porque me fazia urinar muitas vezes.

— Claro, a hipertensão arterial é um dos fatores de risco para o AVC, quando não controlada... muito frequente no nosso meio, e talvez o mais importante se estivermos a falar do AVC hemorrágico, mesmo assim não nos podemos esquecer da obesidade, quase sempre associada ao que chamamos de dislipidemia comumente referida quando temos o colesterol aumentado.

— O colesterol também!? Minha nossa, eu também tenho o colesterol aumentado.

— Sim, o colesterol alto também é um problema, pois propicia a formação de placas de gordura que facilmente podem obstruir a passagem do sangue.

— *Okay*, o senhor literalmente acabou de piorar o meu dia, mais algum fator de risco, doutor?

— Claro, esse que está na sua mão.

— Sério, o senhor só pode estar de brincadeira.

— Sim, o cigarro, a nicotina contida no cigarro afeta negativamente o funcionamento dos vasos sanguíneos, levando à sua inflamação.

— *Okay*, já percebi, tenho que deixar de fumar... mais alguma coisa, senhor doutor?

Rosalina, a secretária, sem querer ficou furiosa, pois lhe pareceu que o médico a quisesse julgar, por isso em forma de vingança desejou criticar o forte sotaque do médico, esse que atendia pelo nome de Marcolino... Kwacha, desejou chamá-lo, apenas pelo sotaque que o identifica como oriundo do interior do país... não falou, mas riu do jovem em seu interior... mil vezes Kwacha disse em seu coração, mas no fundo sabia que não adiantava, pois o médico aí estava apenas para ajudar.

— Mais alguma coisa, doutor? Voltou a questionar a rabugenta, mas simpática secretária.

— Por acaso sim, mas sobre isso não quero falar.

— Por quê? Pode falar à vontade que eu já sei, disse algo furiosa. — É o meu peso.

— Eu não disse nada, disse o médico.

E com certeza não precisava falar, pois ao simples olhar era possível saber que a jovem não só beirava a obesidade, mas que também era sedentária, um fator de risco adicional para a ocorrência do AVC.

A conversa fluiu normalmente, até a marcha do carro fora diminuída, confirmando o interesse mútuo na conversa. Agora falavam de variados temas, entretanto a moça voltava sempre ao assunto de antes. Estava claro que não se conformava com a situação a que seu chefe se encontrava.

— Fala-se em alta mortalidade, mas alta quanto?

— Olha, só te posso dizer que o AVC representa a segunda maior causa de morte clinicamente relacionada em todo mundo, e Angola não foge à regra.

As palavras de Marcolino fizeram com que Rosalina não se aguentasse... chorou, pelo que foi preciso parar o carro, pois estava inconsolável.

Marcolino, como bom cavalheiro que era, deu-lhe o lenço que trazia ao bolso para que as lágrimas da jovem fossem enxutas.

— Obrigada! Disse a preconceituosa secretária, que não tardou e continuou, mais alguma coisa pode ser feita para minimizar essa situação, certo?

— Precisamos criar um programa nacional de prevenção e combate ao AVC, tendo como bandeira central o que chamaríamos de criação de unidades de AVC em todos os hospitais terciários de Angola.

— Como? Perguntou a jovem, visivelmente empolgada com a possibilidade de fazer algo que eventualmente poderia minimizar a precariedade com que muitos indivíduos acometidos por AVC se encontravam.

Ao pronunciar o programa nacional, Marcolino apegou-se ao projeto desenvolvido, porém não materializado do também neurologista Dr. Fernando, por sinal seu tutor, para fundamentar sua tese.

— É preciso elaborar um programa devidamente estruturado, com metas e objectivos bem traçados. Começou por advogar o aspirante a neurologista, que não tardou em continuar, é necessário em primeiro lugar identificarmos os profissionais existentes, depois estruturar um plano urgente de formação de novos quadros, para que possam cobrir todas as unidades hospitalares, e nesses profissionais estão inclusos outros que não neurologistas, como é o caso de neurocirurgiões, neuroimagiologistas, profissionais de reabilitação física onde se inclui fonoaudiólogos, fisioterapeutas, enfermeiros graduados e com treinamento em atendimento de doentes com AVC; depois e em simultâneo é necessário educar a população, afinal as pessoas precisam saber identificar os sinais de AVC.

— Falando nisso, como é que alguém como eu poderia reconhecer se uma pessoa está a ter um AVC?

— Vejamos, os sintomas podem ser vários, os mais comuns de se observar é a perda da força em um lado do corpo, associada à alteração da fala.

Ao saber das formas como eventualmente poderia reconhecer um indivíduo com AVC, a secretária mostrou-se maravilhada, entretanto queria saber mais...

— E depois? Perguntou com entusiasmo a secretária, referindo-se ao famoso plano nacional de prevenção e combate ao acidente vascular cerebral.

— Depois, e diria que ao mesmo tempo em que se apetrecham os hospitais, é preciso capacitar os profissionais do Instituto Nacional de Emergências Médicas, vulgo INEMA, e, claro, criar uma central reguladora de vagas.

— Central reguladora de vagas? O que é isso?

— É uma espécie de *call center*, cujo objetivo é gerir as "camas" destinadas aos AVCs agudos de cada hospital, assim, sempre que houver um indivíduo com suspeita de AVC, comunicar-se-á à reguladora de vagas, para que ela informe imediatamente a unidade para onde o indivíduo será levado, visando a um atendimento rápido e imediato.

Depois de o médico explicar de forma pormenorizada, houve aplausos, pois uma esperança acabava de nascer em Rosalina, que a priori viu-se num poço de desespero, mas agora sabia que podia lutar para que uma realidade fosse implementada no país.

— Parece que chegamos, disse a jovem.

— Sim, claro, respondeu o tímido Marcolino.

— Posso dar-te um abraço?

— Quem, a mim!? Perguntou o médico.

— Sim, a quem mais seria?

— Desculpa, é que... titubeava o tímido Marcolino... enquanto isso, a secretária projetou-se para o corpo do jovem, e com isso deu-lhe o merecido abraço, certamente agradecendo-o por tudo... depois do abraço, nada mais aconteceu, a secretária continuou o seu caminho, e o Doutor também manteve o seu...

Caros leitores, confessamos que pela forma como as coisas se desenrolaram, apesar do momento triste, chegamos a pensar que algo além da conversa momentânea viesse a acontecer entre os recém-conhecidos, entretanto cremos que algumas barreiras tornaram impossível, pois foi como se naturalmente algo os repelisse, talvez pelo fato de a moça, até de forma natural, considerar-se como angolana do litoral, que de angolana apenas tinha o fato de ter nascido nesse solo, por isso a todo instante fazia questão de considerar-se pessoa do asfalto, quanto menos considerava-se pessoa do Norte, se é que poderíamos chamar de Norte a cidade onde nascera, Luanda. O grave mesmo era o fato de olhar para algumas pessoas como sendo de segundo plano, e para ela, esses tinham vários nomes, como langas, sulanos, Kwachas, Bakongos, esses últimos que os alcunhou num diminutivo provocativo de "ca de bakongo", ou melhor, cara de Bakongo. Em resumo, e terá sido essa forma de ser e de estar que apesar de ter uma alma carinhosa até ao momento permanecia solteira. Quanto ao médico, apenas soubemos que voltou ao seu hospital, pois ainda tinha muito o que aprender nesses anos de formação que ainda o faltavam para chegar ao tão almejado título de médico especialista em neurologia. Certo mesmo é que nunca mais se ouviu falar dele, não obstante a isso, certo dia ficamos com o coração apertado quando ouvimos que um médico interno de especialidade fora brutalmente espancado pela polícia, culminado em morte... tempos depois ficamos a saber que não foi ele, mas outro aspirante a pediatra, uma especialidade também nobre, por isso mereceu todo o nosso repúdio...

CAPÍTULO IX

Os dias subsequentes foram de calmaria, muita coisa se tinha passado, os momentos de mútuas acusações faziam parte do passado, até mesmo de Milocas, cuja família num primeiro momento mostrara-se algo revoltada pela suposta infidelidade conjugal, pouco ou nada se falou, pois concluíram que estavam diante de alguma trapaça dos Luvuiles, que, não contentes com a forma como a gestão da FiA vinha sendo feita, tudo fizeram para prejudicar Man Zé. A aleivosia praticamente foi esquecida, pois a empregada recebera o vídeo via plataforma digital, e, não tendo gravado, o remetente simplesmente apagou a mensagem, bloqueando a informação até mesmo aos que já tiveram acesso. Foi suficiente para que Milocas negasse categoricamente tal infortúnio, afinal os que deviam atestar não o poderiam fazer, a velha estava morta e Man Zé nada poderia dizer, afinal as sequelas neurológicas em nada o ajudavam... quanto à empregada, nada a dizer, perdera o emprego, não apenas porque a patroa já não mais fazia parte do mundo dos vivos, mas porque se concluiu que não fazia sentido algum conviver com alguém cuja lealdade poderia ser questionada.

Não tardou e finalmente José Londuimbali estava de volta, sua bela jovem esposa continuava tão bela quanto antes, o mesmo não poderíamos dizer dele, mais parecia um idoso a caminho dos 70 anos, agora tinha o rosto quase desfigurado, uma assimetria quase natural, seus olhos marcavam uma profunda tristeza, pior ainda, tinha desejo de falar, mas não podia, bom mesmo, supomos que era o fato de ter mais tempo para "apreciar" a beleza da esposa infiel aos olhos de muitos, pois para José não temos certeza se de fato sabia o significado de deslealdade, já que muitas das sequelas deixadas pelo AVC nem mesmo alguns médicos entendiam. De fato a desgraça o tinha visitado, e isso acontece a todos, como vêm até mesmo a José, que outrora fora famoso por sua coragem, homem honesto, comentava-se quando se referiam à sua pessoa, e sobretudo um excelente gestor, esse que pelas convicções não precisava pedir conselhos a ninguém... o certo mesmo é que sua vida mudara... agora precisava de ajuda para quase tudo...

Passava parte do tempo em seu enorme quintal, alegria mesmo era quando algum familiar o visitasse. Carol de quando em vez o visitava, porém para tristeza de José não ficava muito tempo, sentia-se constrangida... as pessoas iriam comentar e de fato comentavam, na verdade Carol há muito perdera o egoísmo juvenil, mas ainda mantinha o seu coração cheio de caridade por aquele que sempre será o seu grande amor, Man Zé, e acreditamos que ele sabia disso... José alegrava-se mais quando Restiny o visitava, a mãe quase sempre vinha junto, e ficava mais tempo.

Nessas horas, sentia-se verdadeiramente amado, pois essas pessoas tinham um olhar de esperança e transmitiam que a situação a que se encontrava seria passageira. A importância de se ter filhos faz-se presente nessas horas e apesar de ter um único filho, que para muitos era um meio filho, por causa do histórico com drogas, porém, ainda assim, era a principal companhia para o pai. O garoto estava praticamente recuperado, afastou-se das más companhias, uma exigência da namorada. Anabela também visitava Man Zé e quando isso acontecia os jovens mergulhavam num silêncio momentâneo, de quando em vez abraçavam-se carinhosamente e de forma demorada. Restiny ficava feliz, pois revivia os momentos de alegria, e foi nessas idas e vindas que reataram o namoro... "precisas de uma ocupação digna", só assim os meus pais veriam o nosso relacionamento com outros olhos, disse a jovem ao reatarem o namoro, algo que para Restiny soou como uma oportunidade para a vida...

José gostava de ver a namorada do filho, a jovem Anabela, e não teve dúvidas de que o filho teria arranjado uma boa mulher, bonita e acima de tudo conhecedora dos costumes, e voltada para a família... naquele dia José esforçou-se como nunca para dirigir algumas palavras ao filho, pois tinha ciência da sua condição física, então, mesmo sendo destro, sabia que com algum esforço a mais poderia transmitir ao filho o que realmente importava, pelo que, naquele mesmo dia, esforçou-se e com a mão esquerda tentou escrever algumas palavras, mas em vão, não exercitara o suficiente, e não seria agora que iria faze-lo... simplesmente não conseguiu, mas desde aquele dia esforçava-se, e em sua mente tinha um objetivo, não morrer sem escrever algumas palavras para o filho.

No mesmo mês, e impulsionado pela lucidez da abstinência e pelo reatar do namoro, fora conversar com o seu tio Njama...

— Quero servir o exército, disse. Essas palavras foram pronunciadas com uma convicção tal que não transpareceu insegurança a ninguém...

Para os tios e outros familiares, uma alegria sem igual, uma benção que só se justificava pelas inúmeras horas de jejum que dona Carol passou, pedindo a Deus que lhe concedesse um milagre. De fato aconteceu, Restiny era outro, queria trabalhar, importava-se com questões do seu país...

Serviu o exército com brio, durante a recruta, rapidamente ganhou notoriedade pela inteligência inigualável, seu hábito por leitura se mostrava importante, sobretudo sua admiração prévia pelo livro *A arte da guerra*, de Sun Tzu... a todo instante era chamado pelo seu comandante para tecer alguma consideração a respeito de uma estratégia de guerra... quando terminou a "recruta", foi condecorado com a patente de capitão, soldado bravo, dizia-se! Foi por meio desse tio que acreditou no rapaz, dando-lhe uma

A DOENÇA DE JOSÉ

nova oportunidade, que o jovem voltaria a ser recebido pelos agora sogros, pela porta da frente...

Naquele dia sucedeu-se uma série de acontecimentos incríveis, fabulosos e formidáveis... era outro rapaz, consideremos agora um homem, de atitude e disciplina notáveis, tinha aprendido os princípios castrenses na escola dos comandos de Angola. O casamento fora feito sob proposta do pai da noiva, e foi um lindo casamento, daqueles que em nada se pareceu com o ritual imposto pelo Ocidente; pelo contrário, em vez do cetim, escolheu--se o pano do congo para testemunhar a troca de aliança entre Anabela e Restiny... A paróquia da Nossa Senhora dos Remédios, no mesmo local onde Restiny viu pela primeira vez a sua amada, acolheu a cerimônia religiosa.

Restiny, apesar de alegre com a sua nova condição matrimonial, era quase sempre visto pensativo e muitas vezes chegava mesmo a isolar-se dos demais. O então garoto, enquanto esteve baratinado pelas drogas, não enxergou o óbvio, seu pai tinha sido "apunhalado pelas costas" pela ambiciosa família Luvuile, tudo tramado com a ajuda da famigerada empregada, pois o que veio a suceder-se foi apenas consequência... dona Carol há muito chegara à mesma conclusão, porém, dada a sua inclinação benevolente, que para toda e qualquer maldade pedia que deixassem nas mãos de Deus, o garoto teve que desistir de todo o instinto de vingança que eventualmente poderia depositar contra a famigerada família, e foi nesses moldes que decidiram cuidar do pai, que era o que mais interessava no momento, mas um fato não podemos ignorar, pois, caros leitores, dirigimo-nos a vós com verdade, e é essa verdade que nos permite dizer que é impossível imaginar, sem terem visto, o rosto de dona Carol no casamento do filho, pois era uma alegria jamais vista por olhos humanos, por isso apenas acreditem, dona Carol estava permanentemente feliz, apesar de ter o "marido" naquele estado sequelar.

Para Man Zé, as sessões de fisioterapia eram feitas mesmo ali, no seu quintal, pudera, apesar de ter perdido a presidência, ainda assim tinha posses e possibilidades para esses luxos. Com os equipamentos de fisioterapia, havia também uma cadeira onde habitualmente era colocado para passar parte do dia, visando apanhar alguns raios solares.

Como devem imaginar, Man Zé perdera a capacidade de falar, os médicos disseram que tinha o que chamaram de afasia mista, uma espécie de dificuldade para emitir e compreender opiniões, entretanto a maior dificuldade era para pronunciar qualquer coisa que fosse, embora de forma lenta, era capaz de entender. Entretanto, não demorou muito tempo, pois numa breve batalha judicial perdera para os principais acionistas da empresa o cargo de presidente, fora declarado incapaz de liderar o *time* da FiA. Triste mesmo foi que, até para o divórcio, fora declarado incapaz de expressar sentimentos por qualquer um, então Milocas continuava a ser a esposa legítima, pois, temendo perder algum dividendo, decidiu manter-se naquele casamento quase inexistente. Por sorte, os familiares o visitavam, também alguns amigos, não muitos, pois Man Zé fizera muitos inimigos nos últimos anos da sua liderança na FiA. Os empregados eram os mesmos, não obstante os salários reduzidos à metade devido à nova situação financeira do patrão. Como dissemos, a fisioterapia era feita em casa, e os próprios profissionais eram como se fossem membros da família, estavam quase sempre aí para Man Zé. Com relação à esposa, nada a dizer, também o que dizer, acabara de completar 35 anos de idade, por isso via-se mais nova que nunca, queria divertir-se e não media esforços, via o marido apenas no período noturno.

Milocas mantinha-se informada da saúde do esposo pelos empregados... a conversa quase sempre era com os empregados, de fato pareceu-nos realmente preocupada, perguntava sobre tudo, as vezes que o marido comera, se não tivera nenhum incômodo... o que o fez bem ou mal, as vezes que as fraldas foram mudadas, se tinha "assaduras" ou não, se os profissionais da reabilitação física e da fonoterapia estiveram em casa, se o dia todo ou parte desse... Depois ia ao encontro do marido e dava-lhe um beijo no lábio. Man Zé sorria, um sorriso estranho, parecia que desejava perguntar algo a mais, era um sorriso confuso, sorriso de quem gosta, mas detesta, e porque gosta gostaria de saber mais sobre as andanças da esposa, entretanto detestava a presença dela, pois era suficiente para Carol terminar a visita, era como se a legítima esposa fosse a visitante.

A condição de incapacidade funcional de Man Zé permaneceu por dias, depois por semanas, mais tarde meses e só ao final de um ano é que José começou por pronunciar as primeiras palavras, pese embora permanecia hemiplégico, ou melhor, sem movimento algum do lado direito do corpo, por isso dependente dos outros para quase tudo... *Os médicos, que no princípio eram mais otimistas com relação à sua recuperação, agora eram mais cautelosos... poderá melhorar, mas certamente não voltará a ser o que era antes, argumentavam os deuses da saúde. Os amigos, que na verdade eram parceiros de negócios e não propriamente amigos, escasseavam, e de fato comprovava-se o que se diz por aí, "nos negócios não há amigos, mas sócios", e essa* máxima confirmava-se com José, dia após dia, no princípio apareciam com frequência, depois apareciam bem menos, com o tempo não mais apareceu um único sócio para visitá-lo...

Não se passou muito tempo e os empregados tinham diminuído em número significativo, os poucos que aceitaram as novas condições de salário com o tempo também desapareceram, pois o provento que já era pouco começou a faltar, e o trabalho só aumentava, afinal a patroa não era capaz de viver uma vida com contenção... Com a falta de empregados e o dinheiro a escassear mais e mais, Milocas começou por vender alguns móveis para manter o padrão de vida a que estava acostumada, depois foram os carros, mais tarde já só lhes restava a casa onde viviam... enfim, só visto, pois a casa que noutrora era povoada de empregados agora era triste e vazia, de aspecto quase sombrio... que ninguém se engane, pois essa ausência de pessoas em parte agradava a Milocas, que se aproveitava do vazio para suas saídas habituais, sem dar satisfação a quem quer que seja, para gastar os "meticais" obtidos com os pertences vendidos... e foi nesse descalabro que a própria Carol teve que intervir, pois viu que o filho, legítimo herdeiro, ficaria sem nada para herdar do pai se as coisas continuassem como estavam... maldito casamento com partilha dos bens... Milocas ficou enfurecida com a situação, contudo, habituada a "fingir", mostrou-se indignada, pois alegou que tudo o que fizera era para o bem de Man Zé, que precisava de toda assistência possível, afinal não se podia perder as esperanças de que ele se recuperasse e voltasse a ter e a ser tudo o que fora um dia.

Com o passar do tempo, na presença dos outros, Milocas era uma, porém, quando estivesse a sós com o marido, virava o que na gíria se costuma chamar de "cobra". Milocas o esbofeteava, o fazia dormir no chão, e de quando em vez voltava a pô-lo na cama quando o choro de Man Zé fosse demasiado. *Vem*, não chores mais, dizia...

Nem sempre era assim, pois na maioria das vezes não teve espaço para mimos, falava-lhe, ralhava-lhe, humilhava-lhe ... seu fraco, dizia, seu mbaco, insistia, achas que ficaria contigo para sempre!? — Eu? — Estás enganado, um homem que apanha trombose porque a mulher o traiu!? — Fraco! — Mil vezes fraco, é isso que és, insistia a desalmada esposa. — Queres saber? — Sim, e foi no dia em que nos casamos, e com quem? — O Nangolo, aquele, sim, é um Caldas de verdade, e não tu, filho de Caldas que de caldas nada tens!

José a encarava como se estivesse a entender, entretanto pouco ou nada entendia, e essa condição a irritava mais e mais. *— A minha mãe está vingada, e quanto a mim não tenho e nunca tive nenhum sentimento amoroso por ti, mas, mesmo que tivesse, o teria*

A DOENÇA DE JOSÉ

deixado, pois já não serves para nada, e nada tens para dar, és um nada, sem nada, seu nada!

Como dissemos, Man Zé tinha dificuldades para falar, mas podia entender algumas coisas, e esse fato o deixava de certa forma confuso, pois não tinha entendimento suficiente para concluir o que fosse. Por isso as discussões com Milocas eram constantes, pois em alguns momentos era birrento, mexia-se como ninguém, sobretudo quando fosse a hora da refeição, ou quando sentisse que estava com as fraldas sujas, esses cuidados que praticamente não eram feitos por Milocas...

A nova condição financeira dos Londuimbali trouxe uma nova realidade, as pouquíssimas empregadas que ainda passavam parte do dia em casa, duas no total, não eram pagas para cuidar de José. Uma cuidava da higiene da casa e da alimentação, e outra era praticamente uma lavadeira. Em teoria, os cuidados com a higiene de José passaram a ser feitos pela esposa, no entanto, como podeis imaginar, caros leitores, não se espera que uma jovem mulher daquelas, colocasse suas unhas artificiais naquelas fraldas que estavam constantemente cheias de urina... por isso mesmo, as empregadas o deixavam assim, e a esposa praticamente convivia com o marido, muitas vezes sujo de "cocô".

Como dissemos, Milocas tinha a juventude na alma, mesmo que já caminhando para os 40, carregava a ilusão de que nessa idade a mulher apenas começa a viver, um ensinamento de sua mãe, a velha Mahindra. Caros leitores, sejamos sensatos, estamos a falar de Milocas, e não de outra rapariga qualquer, é preciso entender que a donzela carregava a juventude em seu DNA, amava o furor e as vibrantes contrações da juventude, tinha ciência de que era ardilosa e atraente, mas muitas vezes cativante, oh, mulher irresistível e envolvente, pelo menos era assim que a tratavam os também galantes. Para Milocas, esses atributos eram suficientes para fazer-se presente em todos os eventos festivos...

A última festa foi um escândalo total, quando se preparava para sair de casa, pareceu-nos que José apercebeu-se que a esposa o deixaria, teve um comportamento estranho, como se antevendo que ficaria sozinho, e foi precisamente no momento em que a esposa se preparava para sair que tudo aconteceu... Milocas realmente estava linda e certamente estava produzida para dar nas vistas, não era nas de José, que se encontrava nas condições que todos já conhecem... era aniversário de Milocas e talvez por isso não fosse o momento ideal para Man Zé dar os seus "chiliques". De tanta agitação, caiu da cadeira no momento em que a esposa dava os primeiros passos para deixar a casa, ela o viu caído, não pôde acreditar, nunca teve tanta certeza de que o velho cinquentão constituía uma pedra em seu sapato... estava caído diante de si, ela estava praticamente preparada, de fato não havia espaço para sujar aquelas delicadas unhas artificiais, que para serem colocadas demoraram quase o dia inteiro, então era praticamente óbvio que José ficaria no chão até que ela voltasse do passeio com as amigas... as fraldas de José estavam cheias de fezes, e não seria de bom-tom misturar um *Ferragamo* ao cheiro de cocô, pensou... deixou-o aí, apesar de o olhar com pena... — Seu imprestável, disse antes de sair.

Nesse dia, José chorou feito criança... enfim, um carro chegou e levou sua esposa...

Como o azar não vem só, choveu, e foi uma chuva torrencial que quase o afogou naquele quintal, lindo e grande outrora, mas que agora não passava de grande e sujo, cuja falta de manutenção todos os locais de drenagem estavam praticamente obstruídos...

Caros leitores, nesse momento em que sentimos a angústia de Man Zé supomos que terá lembrado de outra emenda caldiana, "*Deixou foi deixado, apelidem-na justiceira do direito*". O certo mesmo é que nessas horas vinha em sua mente a imagem da sua amada Carol, aquela que estaria ao seu lado em todos os momentos da vida, na desgraça, na pobreza e na doença, pois

A DOENÇA DE JOSÉ

o que Carol nutria por José era um afeto ingente, que facilmente se confundia com pena... é como se diz por aí, *as almas puras não odeiam ninguém, mas facilmente se decepcionam*, e foi o que o olhar de Carol transpareceu naquele dia... ela ficou decepcionada com a atitude do marido, tanto amor, tanta dedicação, para no final a abandonar, e por alguém que estava muito abaixo de si, uma moça que para além de juventude nada mais podia oferecer... é como quando um homem agride uma mulher, é a pior atitude que um ser racional pode ter, pois demonstra claramente que é igual aos demais, os irracionais, os sem-vergonha, aliás a diferença entre a racionalidade e a irracionalidade está efetivamente em superar os obstáculos pelo diálogo, sendo os que não toleram o diálogo classificados como irracionais... não adianta aparentar boas maneiras, mostrar educação, andar nas grandes universida- des, se diante de uma situação de stress seu argumento é partir para a violência, esses demostram irracionalidade, demostram pobreza de espírito, demostram pobreza na alma, demostram falta de amor ao próximo, e é assim que perdem o amor e o respeito de suas companheiras... não importa quão justo, quão educado, quão belo tu sejas, ao trair a confiança das pessoas, perde-se o amor, perde-se o respeito, e, mesmo que o perdão chegue, não passará de mera ilusão, pois o infrator sabe, bem no seu interior, que perdeu a admiração que se nutria por si, e provavelmente foi o que aconteceu com José, que em verdade não buscou pelo perdão da esposa, desrespeitou o diálogo, ignorando a capacidade do amor de perdoar e costurar feridas, perdeu-se na volição momen- tânea e no desejo... o melhor a ser feito é a separação, concluiu na altura! Para nós, o caminho mais fácil, pois a pureza daquele amor teria vencido o obstáculo da infidelidade, pois nem Deus pode apagar o pretérito, afinal já o permitiu desde o momento em que lhes concedeu o livre-arbítrio, mas uma certeza temos, Carol teria perdoado aquela traição, mas em vez disso José foi arrogante, foi insensível, foi irracional... basta lembrar-vos, caros leitores, de que

José sequer deu a opção do perdão à sua esposa, pois partiu de imediato para o último recurso, o divórcio. Agora é tarde, é o que supomos que Carol teria respondido se José se recuperasse da perda da capacidade de comunicar-se e a confrontasse com a ideia de reconciliação!

Num dia como hoje, Milocas estava de volta, mais séria do que alguma vez estivera em toda sua vida... descobrira da forma mais estranha e, pior, foram as amigas que sugeriram tal possibilidade, e foram as amigas que a levaram a uma farmácia onde apenas com um teste tiveram certeza dos fatos, e mais ainda, também foram as amigas as primeiras a especular que José não era o autor de tal ato... também era óbvio, afinal destilava aos quatro cantos que "aquela parte de José não era capaz de se manter em pé nem mesmo por pequenos instantes". O marido tornara-se impotente depois da fatídica trombose.

— Grávida de Nangolo!? — Só pode ser brincadeira, disse uma amiga, uma dessas com o passado igualmente inescrupuloso, que pelos comentários e conteúdo de suas conversas antevia-se um futuro sombrio para o grupinho.

— Podes crer, insistiu a outra, de hoje em diante nunca mais o verás, esse é o feitio dele, ama as mulheres até a gravidez, pois, segundo se sabe, aprendeu com um tal de Caldas, *que uma mulher não se pode deixá-la só, "a semente deve ser implantada".*

Caros leitores, talvez não vos tenhamos informado, mas Milocas, desde o seu casamento, passou a violar as leis humanas e divinas, por imitação a uma amiga cujo nome era Febo, entregou-se a uma vida de deslealdade, entregou-se a esse comportamento degradante, entregou-se a essa conduta monstruosa que em abono da verdade é pior que a prostituição, pois nessa última ninguém é enganado... enfim, sobre Milocas não seria exagero afirmar que não devemos entregar a sorte da sociedade a senhoras como ela, que ao tentar vingar-se de alguém encontra amparo no comportamento de pessoas que podemos considerar indignas, de reputação infame e permanente comportamento cruel, em que tudo o que fazem é de forma premeditada, visando levar a humilhação pública a outrem...

Milocas por instantes ficou silenciosa, com os olhos baixos, algo triste, e até envergonhada, pois a raiva a deixou cega e dessa vez teve certeza, ao ouvir da amiga, todas as qualidades de Man Zé, que desde cedo distanciou-se dos hábitos do pai, buscando sempre pelo respeito às mulheres, e julgando sempre o sofrimento com compaixão... cabisbaixa, pensou em dirigir palavras desagradáveis para as megeras amigas, mas logo se conteve... era a sua dignidade que estava em jogo, praticamente estava a ser chamada de "vadia", e, embora sendo verdade, sabia que não poderia assumir... naquele instante seus lindos lábios roliços murcharam, mas logo beirou entre os mesmos um instante sorriso, raciocinou, e rapidamente atribuiu a gravidez ao impotente esposo, algo que não convenceu as amigas, mas pouco importava, pois apenas um teste de DNA poderia contrariá-la. Em outro momento, Milocas ainda chegou a ligar para o padrinho, confirmando-se o que as amigas já a tinham dito...

— A senhora é casada, e nesse caso específico deve pedir satisfação ao seu marido, e não a mim, disse o amante. — Nunca mais volte a falar-me sobre esse assunto, concluiu ao desligar o telefone sem que a moça tivesse tempo para despedir-se do até então amásio.

A resposta de Nangolo, até então amante perfeito para Milocas, trouxe-nos à memória um comentário que certa vez alguém proferiu sobre os famosos Caldas da vida: "*De fato, os caldas são assim, ao simples olhar parecem não ter defeitos, dizem-se perfeitos porque querem-nas em seus leitos*".

Milocas estava de rastos, quando entrou em casa viu Man Zé caído, não movera um único centímetro da posição em que fora deixado, com isso brilhou em seus olhos uma faísca de ódio... Milocas o odiou mais ainda, pois em seu entender o velho Caldas acabaria por desgraçar ainda mais a sua vida.

— Maldito Caldas e toda sua descendência, disse ao passar pelo então marido, sem deixar de dar-lhe um pontapé...

— Ai, gritou Man Zé de forma inútil, pois parou por aí, provavelmente terá compreendido que de nada adiantava esperar por alguma benevolência daquela que se dizia sua esposa.

Milocas dirigiu-se ao quarto de hospedes, pois é lá onde passava as noites, a companhia do marido causava-lhe mal-estar... O momento agora era de reflexões, era preciso ser inteligente, pois já não era uma catorzinha, e convinha manter o papel de esposa, afinal aquela condição trazia consigo muitas benesses. Foi então que começou a pensar em abortar o filho que estava em seu ventre, também pensou em sua mãe, o que lhe diria, pois sempre fora clara com relação ao aborto...

— O ser humano é único, irrepetível, se interrompes uma gravidez, nunca saberás que tipo de filho terias, matarias uma oportunidade, tua e da criança... argumentava quando ainda estava em vida a velha Mahindra.

— Sou a favor, e pronto, contra-argumentava na altura a ainda virgem, a jovem Milocas.

— Não diga uma coisa dessas, retorquiu a mãe, que em seguida continuava, imagina que eu tivesse te abortado, não existirias, e eu seria uma assassina.

— Uma preocupação apenas da mãe, pois se me tivesses abortado não saberia, pois nunca teria existido.

— Então achas que quem está no ventre de uma mulher não existe?

A DOENÇA DE JOSÉ

— Quando a senhora diz, quem já se está a referir a um ser humano, mas sabe muito bem que as coisas não são bem assim, pois sequer podemos considerar que o que está na barriga nas primeiras semanas é uma vida, já que nem cérebro tem, insistia a inocente jovem na altura. Certamente argumentos ouvidos fora da educação familiar!

Caros leitores, gostaríamos de informar-vos que na altura a velha ficou furiosa, e pela primeira vez em sua vida Milocas teria visto a sua mãe zangada, pois parecia que a filha a repreendia pelo fato de ter muitos filhos, ou melhor, talvez quisesse questionar a mãe, até porque era hábito falarem das inúmeras formas de prevenir-se de uma possível gravidez.

— Não sejas tola, minha menina. Essas palavras foram ditas num tom que despoletou a atenção dos outros filhos, dos mais velhos aos mais novos, e talvez por isso todos vieram, todos apareceram, depois todos opinaram, e o debate ficou mais bem estruturado, afinal, quando se tem muitos filhos, as opiniões e as divergências não precisam vir de fora, e foi então que um dos filhos interveio de forma quase conclusiva...

— Uma mulher que deliberadamente interrompe uma gravidez é uma assassina, disse.

— Assassina!? Exclamou a outra irmã, que depois continuou, não sejas imaturo e egoísta, dizes por seres homem, quando a meu ver esse é um assunto que apenas cabe à mulher decidir, afinal será sobre ela que todas as desgraças poderão advir...

— Cara irmã, não proponhas o impossível com relação à gravidez, homem nenhum deve colocar-se no lugar da mulher no processo de reprodução, pois a biologia reservou-lhe outro papel. Mesmo assim, é preciso entender que esse não é um assunto de mulher, mas também um problema do homem, e, por conseguinte, da sociedade como um todo. Disse e depois continuou, os homens devem participar, pois é o pai do ser que está em formação dentro do ventre da mulher, cuja biologia reservou uma área especial para que o produto da fecundação cresça. — Por isso, não pode existir uma única decisão sobre o futuro da criança sem que o pai esteja envolvido, pois não se trata do corpo da mulher, mas sim de um ser que cresce dentro dela.

— Não exageres, respondeu em seguida, e depois continuou... Se a gravidez tem apenas semanas, não se pode chamar de criança o que ainda cresce dentro da barriga de uma mulher.

Naquela noite, Milocas, apesar de ter iniciado o assunto, não teve muito a dizer, pois os mais velhos tinham se apoderado da tese, e logo entendeu que não era para seu bedelho, entretanto, na altura, sequer pensava em tais coisas... enquanto lembrava desse fatídico dia em família, sorriu, pois como a sua casa estava quase sempre cheia de crianças, o instinto materno habitava naquele lar, os mais velhos cuidavam dos mais novos. Milocas levou a mão à barriga e sorriu, pensou em um nome, Mahindra se for menina, será menina, concluiu. Rapidamente veio-lhe à cabeça os argumentos do irmão mais velho.

— Vosso primeiro pensamento quando se apercebem que estão gravidas é com relação ao sexo, depois é o nome, e só mais tarde pensam no pai, então não faz sentido assassinar alguém cujo nome já foi dado...

— Não importa se alguém pensou ou não no nome, o mais importante é que o aborto poderia ser permitido até os dois primeiros meses de gravidez, já que apenas nessa altura é que o cérebro começa a formar-se, antes disso aquilo não passa de uma "fragmento sanguinolento", disse com firmeza a irmã abortista.

Essa afirmação enfureceu o irmão mais velho, levando-o a movimentar a cabeça em negação com veemência, visivelmente indignado com a irmã, que a seu entender tratava um ser humano em formação como "fragmento de sangue", quando esse encontrava-se em um estágio da vida por onde todos passam...

a indignação do irmão foi tanta que quase fez a irmã mudar de opinião, entretanto essa tinha suas convicções, talvez o máximo que poderia fazer é envergonhar-se pela expressão "fragmento de sangue". Entretanto, foi o irmão que de forma energúmena destilou seu parecer...

— Nunca mais chames um ser de "fragmento de sangue", pois na verdade trata-se de um embrião, uma das fases do nosso desenvolvimento como seres.

— Exato, mano, interrompeu a jovem, que não se intimidou com a aparente fúria do irmão, e em seguida continuou. — Por favor, responde-me, na tua opinião em que momento a vida começa?

— Isso já sabes, cara irmã, a vida começa no momento da fecundação, e esse argumento não é apenas meu, pois é partilhado pela ciência médica e pela bioética, e só por isso é que em qualquer fase da gravidez a interrupção é considerada um assassinato.

— Falas como se essa opinião fosse unânime a nível da ciência, e isso não é verdade, pois muitos embriologistas, e até filósofos, defendem que só pode haver vida a partir da formação do córtex cerebral, processo que apenas ocorre no final do terceiro mês de gestação, então como é que uma mulher que aborta antes desse período pode ser considerada assassina? Questionou a irmã, que em seguida continuou, essa questão do aborto não devia ser discutida, pois é um assunto de mulheres e para mulheres, e cabe a ela, e apenas a ela, decidir se deseja ou não levar avante a gravidez, insistiu...

— Aí é que te enganas, minha irmã, pois a "decisão" foi tomada durante o ato sexual, por isso, quando se está grávida, apenas devemos esperar pelo processo natural do desenvolvimento dos seres, disse o irmão, que cada vez mais convencia-se de estar a falar com uma futura assassina. — Então queres dizer que se ficares grávida interromperás tal gravidez, é isso?

— Não, não é bem assim, respondeu a jovem até de forma envergonhada... não falo de mim, mas de outras mulheres que quererão abortar.

— Então desejas às outras o que não desejas a ti? Perguntou com uma expressão de curiosidade denunciada pela sua fleumática fisionomia.

— Não é bem assim, repito, disse... muita coisa pode estar em jogo, às vezes engravida-se da pessoa errada, outras vezes a gravidez é resultante de um estupro, e nesse caso não podemos levar adiante a gravidez, disse a irmã, até de forma emocionada, dando espaço para uma breve pausa entre os interlocutores... mesmo assim, continuou a irmã defensora do aborto, vocês homens são egoístas, não ligam para o sofrimento das mulheres, estão nem aí para com as inúmeras mulheres que anualmente morrem por terem praticado o aborto em lugares ou por pessoas sem formação adequada.

Caros leitores, confessamos que os últimos argumentos, na altura apresentados pela irmã de Milocas, comoveram-nos, pois, como sabeis, existe um elevado número de mulheres praticantes do aborto, e de fato é isso que acontece, todas conhecem o famoso *Misoprostol*, as mais experientes misturam-no com aspirina, matam os filhos, e depois terminam o assassinato nas portas dos "Lucrécias ou dos Gangulas"... durante esse processo, vivenciam o sofrimento, pois o médico na urgência, com falta de tudo, faz o tudo, a conhecida "raspagem" a sangue frio, elas juram nunca mais abortar, depois esquecem, voltam a abortar, mas não tarda e o preço pelas inúmeras curetagens chega, chega a fase em que querem engravidar, mas não conseguem, casam-se, mas seus lares não duram, pois a família do marido logo chega, "queremos sobrinhos"... daí a razão para as grandes "enchentes no santuário da Muxima"... enfim, não se pode ter tudo, não se pode querer tudo, pois a decisão sobre a vida e a morte é reservada a Deus! Entretanto, caros leitores, atenhamo-nos ao que realmente aconteceu naquele dia...

— O homem que com a mulher é o responsável pela gravidez é uma pessoa errada, por que não terá capacidade de sustentar a criança? Ou porque é pobre, doente, ou ainda por que não mais quer se casar com a futura mãe? Perguntou o irmão mais velho, que não tardou em continuar — Então acham-se especiais aquelas que tiveram o direito de nascer, e por isso negam o mesmo direito aos outros? Voltou a dizer o irmão, que continuou até de forma ríspida, — Sim, disse, mesmo que a criança seja fruto de um estupro, ainda assim, a mãe não tem o direito de assassiná-la, pois o aborto não "apaga" o fato de a mãe ter sido vítima de abuso sexual, e, digo mais, é raro ver uma mãe arrependida da gravidez depois de o filho ter nascido.

— Aí é que o senhor se engana, meu irmão, pois, uma vez que a criança nasça, poderá não se beneficiar do amor pleno da mãe, que, ao olhá-la, lembrar-se-á do momento em que foi estuprada.

— Mentira, mil vezes mentira, disse o irmão de forma altiva, e em seguida continuou, responda-me, por favor, quantos maridos maltratam, espancam, e desrespeitam suas esposas? — Eu lhe respondo, muitos! — Agora me diga, quantas mães vítimas desses maridos odeiam seus filhos pela agressão de seus pais? — Eu lhe respondo, nenhuma!

— São coisas que não entenderias, disse a jovem já quase sem argumentos.

— Minha cara irmã, voltou a tomar da palavra o irmão mais velho, a vida é o primeiro valor de todos, e não podemos permitir que se cometam crimes contra os seres mais indefesos, o ser que depende totalmente da sua progenitora, que no caso em questão o quer assassinar... lembrem-se, meus irmãos, novamente o mais velho dirigia-se a todos os presentes, de que *qualquer pessoa poderia se defender, mas aquele que ainda não conheceu o sol, que está no ventre materno, que apenas tem a mãe para o defender, não pode ter como primeiro malfeitor a própria mãe, a pessoa que devia protegê-lo... ele ainda não nasceu, apenas precisa de nós, aí está a nossa humanidade, por isso proclamar a morte de quem não pode defender-se é proclamar o apocalipse...* saibam de uma vez por todas, esses seres são crianças, que não chegarão a viver, e pior ainda, não chegarão sequer a sentir a brisa do vento em seus corpos, não chegarão sequer a sentir a doçura dos raios de sol em sua pele, sequer conhecerão o sabor do leite materno, enfim sequer chegarão a receber um beijo e muito menos um abraço de seus pais!

Ao lembrar das palavras do irmão, Milocas encheu-se de humanidade, esqueceu a ideia do aborto, que em verdade nunca existiu realmente em sua mente, foi então que pensou em José, sentiu uma culpa e arrependimento que nunca teve por ninguém... — Senhor, tende piedade de mim, disse a jovem no impulso, no entanto foi precisamente esse momento que a levou a visitar toda a sua existência, constatou que tinha muito para se envergonhar e pouco para se orgulhar, sua vida estava repleta de inutilidades, de eventos fúteis, de permanente tristeza, pois tudo o que fizera nada tinha de sublime, e apesar de ter terminado a graduação sequer conseguiu escrever uma monografia em condições... nos minutos que se seguiram, Milocas reviveu imaginariamente os belos momentos que passou com José, reviveu os instantes na cidade-mãe, reavivou a cena em Calandula, relembrou seus corpos nas "quedas do Duque de Bragança", no entanto reviveu também a desilusão que, segundo ela, era o motivo pelo qual odiava Man Zé, "o amor que tinha pelo pai que supostamente terá causado a morte à sua mãe, dona Mahindra...

— Sim, disse Milocas, amei-o naquela madrugada, em Calandula, com intensidade o amei, mas logo o desejo de vingança cegou-me.

A DOENÇA DE JOSÉ

Milocas recordou-se então de como José era de fato, um homem completo, quer física, quer intelectualmente, de uma moral inabalável, sentiu-se inebriada só de imaginar o perfume que exalava do corpo daquele homem culto, José Londuimbali...

Dilatou-se a tristeza de sua alma e ficou acabrunhada... lagrimou, pois José não era o mesmo homem, o antes e o agora eram díspares, a diferença inominável, aquele que outrora era um homem ímpar, corajoso, que diante de si abriam-se possiblidades infindáveis, agora apenas vestígios daquele "veltro"... estava acamado, totalmente indefeso, irreconhecível diríamos...

O mesmo podemos dizer de Milocas, a esposa agora arrependida, mas por motivos díspares, pois, como dissemos, sua vida era estúpida, recheada de inutilidades, e agora, diante do qual não via outra saída senão se arrepender, foi então que voltou a lembrar-se das palavras de sua mãe "um de cada vez", pois nessas condições não seria tratada de puta... arrependeu-se de ter sido infiel, arrependeu-se de ter que continuar a mentir, mas agora não teria saída, revelar que o filho que carregava no ventre era de outro homem, de alguém que apadrinhou o seu casamento, era como se estivesse a assassinar com suas próprias mãos o homem que agora julgava amar, José Londuimbali.

Milocas chorava sem parar, soluçava de tanto lacrimejar... como iria resolver tal imbróglio a que se encontrava, como iria reparar o dano que causou àquele homem justo, questionava-se...

— Não posso continuar a ser injusta com o homem que tudo fez para estar comigo, oh, maldito dia em que dei asas às insinuações daqueles homens imorais, que mesmo sabendo que era casada ainda assim galanteavam-me, malditos homens sem princípios, malditos sejam todos que desrespeitam as mulheres dos outros, malditos sejam todos que paridos por uma mulher tudo fazem para trazer a desgraça ao lar dos outros... — Quero mudar, vou mudar, disse a jovem mulher, vamos nos casar de novo e o amarei como nunca alguém fora amado nesse mundo, vou pedir perdão pelo mal que lhe causei.

Serei apenas dele, viverei para nós, disse Milocas com as mãos recostadas em seu abdómen gravídico.

De repente Milocas juntou as mãos e, erguendo os olhos para o céu, disse:

— Meu senhor e meu bom Deus, tende piedade de mim! Cometi o pecado mais imundo, o adultério, arrependo-me por isso... purificai-me com a vossa infinita sabedoria.

Milocas se tinha ajoelhado e foi então que sentiu uma efusão de alegria, era como se Deus a tivesse perdoado... num pulo abandonou a cama e foi ao encontro do marido...

Man Zé tinha adormecido... estava no chão, caído no chão, Milocas correu até ele, deitou-se no mesmo chão que o marido, abraçou-o como nunca, beijou-lhe como jamais o beijara, enquanto isso José sorria, um sorriso de alegria, pelo visto sabia que sua mulher estava de volta... Senhores, acreditem, José praticamente não falava, mas naquele dia falou, e Milocas não alucinava... — Carol, meu amor, disse Man Zé!

Milocas ficou assustada, mas logo percebeu que a paixão momentânea não alquimia o amor eterno... não teve outra opção, o colocou de volta na cadeira de rodas, depois o conduziu até ao banheiro... foi ao amanhar as roupas de Man Zé que notou que os rabiscos que o esposo esforçava-se em fazer todos os dias, eram duas cartas, uma de arrependimento, dirigida à Carol, na qual declarava amor eterno, e a outra para seu filho, onde o aconselhava a não cometer os erros que julgou fatais para sua condição atual.

Ao ver as cartas, Milocas entristeceu-se num primeiro minuto, mas em seguida encheu-se de amor por José, apesar de saber que era tarde... enquanto isso, Man Zé a encarava como se estivesse a suplicar pela presença da sua doce Carol.

Eram 4 horas da madrugada quando Carol recebeu a inesperada chamada...

— Ele prefere a ti, disse Milocas.

Do outro lado da linha, Carol quase morreu de alegria ao ouvir tal confessório, ficou radiante de felicidade, foi como se soubesse que esse momento aconteceria a qualquer instante, pois sempre soube do amor que ambos nutriam um pelo outro. — Ele foi feito para mim, e eu para ele, disse, a doce Carol.

A alegria de reencontrar Man Zé fora rapidamente substituída por uma profunda tristeza, pois teve que correr para encontrá-lo ainda durante a madrugada, mas não gostou do que viu... seu José parecia um miserável, alguém carente de amor, estava magro, triste, sem rumo e sem perspectiva... Carol quase culpou-se por não ter percebido os sinais de afeto puro e sincero que seu amor fazia sempre que estivessem juntos... odiou-se por não ter atendido às súplicas de José, certamente porque tentava puni-lo por todas as peripécias que o fizera passar. Mas agora era diferente, estava claro para todos, e mais ainda para a megera esposa, de que José e Carol foram feitos um para o outro.

— De hoje em diante, eu sou a esposa de José, será meu dever cuidar dele, disse Carol diretamente para Milocas, que lagrimava de arrependimento, pois pareceu-nos que só agora se dera conta de que amava realmente José, e que todo o mal que lhe causara era pela cegueira imposta por uma "vingança", por acreditar que ao castigar José estaria no fundo a punir o velho Caldas, que com suas ideias absurdas terá tirado sua mãe do convívio habitual com os filhos.

Nos minutos que se seguiram, Carol levou Man Zé até ao banheiro, ao visitar o repertório musical em seu pequeno telemóvel, procurou por Brenda Lee, *Always on my mind*, ouvia-se baixinho, era a música preferida do casal... ligou a torneira de água quente, retirou-lhe a roupa interior, e em seguida o higienizou... depois de o encarar por longo tempo, também tirou suas vestes, depois começou a acariciar o marido, Man Zé sorria, estava alegre, Carol ofereceu-lhe os lábios a beijar e ele correspondeu, embora com a sua boca "torta", Carol o tocou continuamente e ele sorria perenemente... foi de repente, como alguém que chega sem avisar, Man Zé sentiu que uma parte de si, que há muito andava "triste", enrijecia-se, e num instante estava completamente vigoroso, gritou sorrindo... Carol sorriu também, depois abraçou-o com toda força, duvidou e por isso confirmou com sua própria mão, estava realmente estirado, concluiu... e foi assim, enquanto a água escorria sobre as suas cabeças, que a cabeça de José embrenhou-se em Carol... Ela movimentava-se com cuidado, pois toda prudência era pouca, afinal José precisava de cuidados... O ato foi demorado, no final estavam cansados... Carol desligou o chuveiro, depois cobriu ambos com a enorme toalha que praticamente morava naquele banheiro. Carol viu Man Zé a adormecer, por isso ainda teve tempo de perdoá-lo, e arrepender-se de o ter deixado sob responsabilidade de uma "estranha" por muito tempo, pois José mais parecia um "morto-vivo, de tantos maus-tratos... depois tentou colocar a cabeça sobre o peito do marido, e foi aí que o inimaginável aconteceu... José estava frio, o corpo que quase não mexia ficou mais pesado, foi então que se deu conta do impensável, o corpo ficou inerte, estava rijo, os lábios algo sorridentes, expressando felicidade, mas era a morte... José estava morto!

Às 5 horas estava a polícia a recolher o corpo, enquanto isso Milocas era escorraçada, pois uma das amigas, daquelas amigas que podemos considerar invejosas, fingidas, cuja boca diz uma coisa mas o coração pensa outra, revelou que no dia anterior estava em convívio com elas quando ficaram a saber que carregava em seu ventre o filho de Nangolo, o vigarista, e que talvez ela tivesse revelado a José sobre o seu estado, e ele, ao aperceber-se, teria morrido de desgosto. Milocas tentou argumentar, mas em vão, afinal sua reputação em nada ajudava. Ao confirmar que a gravidez era de outro, acabara por ratificar sua sentença... enfim, foi escorraçada, sem que tivesse oportunidade para testemunhar o enterro do ainda marido, pelo menos no papel, e foi assim que sua vida se transformou em desgraça, para nunca mais recuperar-se! No entanto, apesar de não participar da cerimônia fúnebre, Milocas chorou a morte de José, naquele e nos dois primeiros anos não dormiu em condições, passava as noites indo e vindo de um lado para outro em seu agora humilde apartamento, talvez por isso permanecesse melancólica e abatida, acabando por rejeitar qualquer outro homem, pois sentia que causara a morte de um homem inocente, um homem decente e inteligente que nada tinha de insolente, ao contrário do que se seria pai biológico de seu filho, um insolente... Milocas sofria, e por isso mesmo buscava incessantemente por redenção à sua alma... tempos depois retirou-se da vida social, a cada dia estava mais e mais só, quanto mais sozinha mais isolada estava, nos primeiros meses ainda podia contar com a companhia do filho que estava por vir, cujo nome seria alcunhado de José. Nos dias que se seguiram, nada mais se soube sobre ela, falou-se que vivia lamuriando, e alguns pouco o disseram que fora vista perambulando nas ruas de Luanda, outros disseram que perdera o filho, e depois ficou louca!

Quanto à Restiny, estava realmente destroçado com a morte o pai, mas encontrava consolo nas palavras expressas em rabiscos que constavam da carta que seu pai deixara abençoando o seu relacionamento com a bela Anabela, cujo conteúdo em tudo difere dos ensinamentos de Caldas, algo que os leitores podem facilmente constatar nos dizeres que se seguem...

Meu filho, o que lhe digo é algo recorrente em nossa família, temos a sorte de encontrar boas mulheres, entretanto não sabemos cuidar delas, pois, por vaidade, pensamos que somos insubstituíveis, e que sempre a vida nos proporcionará boas e gentis mulheres, mas a prática tem sido diferente. Foi assim com o teu avô, é assim com todos os teus tios, também é assim comigo... temos a sorte de nos cruzar com boas mulheres, mas com o tempo perdemos o respeito que elas nutrem por nós. Estragamos a vida de mulheres que iriam à forca em nossa defesa... saiba, meu filho, quando se perde uma mulher justa, jamais encontrará outra, pois a oportunidade perdida é como o curso de um rio, apenas segue, não volta!

Meu filho, seja homem, nem caldas, nem franzino, seja justo, seja empático, seja a cabeça de sua família, e deixe que sua mulher seja o coração, um não é sem o outro... e acima de tudo saiba: uma que te ame de verdade é suficiente, quantas mais não é melhor!

Um beijo do pai,

José Londuimbali.

A DOENÇA DE JOSÉ

Distintos leitores, eis a seguir a carta escrita a punho pelo próprio José Londuimbali.

Fim